U0756556

山东文化体验廊道故事丛书·下编

菏泽
历史文化故事

HEZE LISHI
WENHUA GUSHI

总编纂　王志民
主　编　荣海生

山东文艺出版社

图书在版编目（CIP）数据

菏泽历史文化故事 / 荣海生主编 . — 济南：山东文
艺出版社，2023.9
（山东文化体验廊道故事丛书）
ISBN 978-7-5329-6976-0

Ⅰ . ①菏⋯ Ⅱ . ①荣⋯ Ⅲ . ①历史故事—作品集—
中国 Ⅳ . ①I247.81

中国国家版本馆 CIP 数据核字（2023）第 153819 号

菏泽历史文化故事
HEZE LISHI WENHUA GUSHI

总编纂　王志民　　主编　荣海生

主管单位	山东出版传媒股份有限公司
出版发行	山东文艺出版社
社　　址	山东省济南市英雄山路189号
邮　　编	250002
网　　址	www.sdwypress.com

读者服务	0531-82098776（总编室）
	0531-82098775（市场营销部）
电子邮箱	sdwy@sdpress.com.cn

印　　刷	山东临沂新华印刷物流集团有限责任公司
开　　本	880 毫米 × 1230 毫米　1/32
印　　张	7
字　　数	147 千
版　　次	2023 年 9 月第 1 版
印　　次	2023 年 9 月第 1 次印刷
书　　号	ISBN 978-7-5329-6976-0
定　　价	59.00元

版权专有，侵权必究。如有图书质量问题，请与出版社联系调换。

前　言

党的二十大报告明确提出："坚守中华文化立场，提炼展示中华文明的精神标识和文化精髓，加快构建中国话语和中国叙事体系，讲好中国故事、传播好中国声音，展现可信、可爱、可敬的中国形象。"习近平总书记在文化传承发展座谈会上深刻指出，要在新起点上继续推动文化繁荣、建设文化强国、建设中华民族现代文明。编纂出版《山东文化体验廊道故事丛书》（以下简称《丛书》）是深入学习贯彻党的二十大精神和习近平总书记重要指示精神，贯彻落实山东省委、省政府关于打造文化"两创"新标杆部署要求的重要举措，是立足山东文化资源优势，以沿黄河、沿大运河、沿齐长城、沿黄渤海和沿胶济铁路等文化体验廊道为轴线，以各市文化体验廊道建设为着力点，撷取历史文化精华的大型普及性学术工程，是在新的历史起点上讲好山东故事、坚定文化自信、推动文化繁荣、促进文旅结合的重点文化项目。

山东，古称"齐鲁之邦"，是中华文明最重要的发源地之一。奔流的黄河由山东入海，齐鲁大地是黄河文明的核心区域之一。巍峨屹立的泰山，自古以来就是历代帝王封禅之地，是中国东方上层文化的活动中心，1987年被联合国教科文组织列为中国第一个世界文化、自然双重遗产。黄渤海环绕的山东半岛是全国最大的半岛，漫长海岸线形成了丰厚的海洋文化资源，一直是中国北方海上丝绸之路的重要门户。山东又是伟大思想家、教育家孔子和孟子的故乡，是儒家文化的发源地，是中国人乃至全球华人、华裔心中的"圣地"。在被称为中华文明"轴心时代"的春秋战国时期，齐鲁是中华文明的"重心"所在：诸子百家，多出齐鲁；儒墨显学，独领风骚。齐国故都临淄，是当时最大的工商业都城，被国际足联命名为"足球起源地"；这里诞生了中国历史上最早的大学堂——稷下学宫，是诸子百家争鸣的学术文化中心；齐长城西起济水，东到大海，蜿蜒于泰沂山脉，全长一千余里，是现存最早的有准确遗迹可考、保存状况较好的古代长城；被列为世界文化遗产名录的京杭大运河，纵贯山东南北，极大影响了元明清以来山东地区的经济文化发展，鲁西沿岸城市带的崛起，成为中国南北文化交流融合的运河明珠，见证了山东地区社会文化的隆替嬗变。近代以来，随着烟台、青岛等沿海城市的崛起和胶济铁路的修筑，山东成为中西文化交流、冲突、碰撞、融合的核心地区之一，收回青岛主权成为"五四"爱国运动的导火索。革命战争年代，山东党政军民用生命和鲜血凝聚而成的"党群同心、军民情深、水乳交融、生死与共"的"沂蒙精神"，是齐鲁优秀文化、伟大建党精神与中国共产党领导的人民革命英雄主义精神的集中体现，是对山东境内沂蒙、胶东、渤海、鲁西（冀鲁豫边区）

等抗日革命根据地红色文化、革命精神的集中凝练和概括，与延安精神、井冈山精神、西柏坡精神等一起成为中国共产党人精神谱系的重要组成部分。齐鲁文化在中华文明发展中的特殊地位，山东地区源远流长、丰富厚重的文化资源，坚定文化自信和自觉的历史责任担当是我们举全省之力编纂《丛书》的内在动力。

《丛书》以国家文化公园建设为引领，以落实文化"两创"、推动"两个结合"为宗旨，以推动全省及各市文化建设为目标，是具有权威性、故事性、可读性、趣味性的历史故事集成，是一套可携带、可利用、可转化的文化读本。《丛书》分为上、下两编，上编16本，围绕"四廊一线"文化体验廊道、八大文化传承发展片区展开。"四廊一线"构筑的沿黄河、沿大运河、沿齐长城、沿黄渤海、沿胶济铁路的文化交通线纵横交错，相互联系又各具特色，其特点是以脍炙人口的故事形式联通"四廊一线"的人物事迹、重点景区、遗址遗迹等，厚植文化体验廊道的思想内涵和文化底蕴。八大文化传承发展片区，既涵盖了沂蒙、渤海、鲁西、胶东四大红色文化片区，又吸收了泰山文化、儒学文化、齐文化作为重要支撑，演奏出山东历史文化、革命文化、社会主义先进文化的时代交响。下编16本，紧紧围绕各地市优势和特色展开，主要记述本地区历史故事、文化遗址与人文景观、非物质文化遗产等内容，是推动文化廊道落地、推进片区文化建设、增强文化认同、深化文旅体验的重要载体。

《丛书》由山东省委常委、宣传部部长白玉刚统筹谋划和指导，省委宣传部专门组建学术编纂委员会负责具体实施，省直各有关部门和各市委宣传部给予大力支持配合，省内相关高校、研究机构和各市有关单位共100余位专家学者积极参与，历经酝酿策划、启动实施、提纲设计、样稿研讨、通稿审稿、编辑出版等六个阶段。2022年以来，省委、省政府先后印发《关于打造中华优秀传统文化"两创"新标杆行动计划（2022—2025年）》《关于建设文化体验廊道推动文旅融合高质量发展的实施计划（2023—2025年）》，全方位挖掘展现山东人文沃土可以深度耕作的比较优势，为《丛书》编纂做好了思想、学术和组织准备。具体编纂过程中，省委宣传部专门印发《关于做好〈丛书〉编纂工作的指导意见》，统一思想认识，作出全面部署。编委会以线上线下形式，多次召开全体会议和分组专题会议，狠抓三个重要工作节点：**一是审定编撰提纲。**通过反复研讨、交流、修改、会审等形式逐一审定编写提纲，最大程度保证全书质量。**二是树立样稿典型。**集中力量撰写、反复研讨修改，确定分类样稿，做好典型导引。**三是全力做好通稿统审。**采用主编初审、各卷主编交流互审、学术专家主审、首席专家终审等层层把关、集中审查、反复修改的方式提高稿件质量。

回顾《丛书》编纂工作，始终注意把握好以下四个方面：**一是坚定文化自信。**通过挖掘历史资料、开发历史资源、恢复历史场景等形式，获取文化营养，坚定文化自信。**二是助推文化自觉。**通过传承弘扬优秀传统文化、红色文化、社会主义先进文化，深入挖掘历史先贤和革命先烈的伟大事迹，推动文化自觉，与培育践行社会主义核心价值观有机结合。**三是落实文**

化"两创"。精选真实历史故事，注重挖掘故事背后的文化内涵，推动齐鲁优秀传统文化在新时代创造性转化和创新性发展，推进文化自信自强。**四是服务文旅融合。**借助故事、景观、遗址、非遗讲解词、短视频等融媒体形式，让广大读者在区域文化旅游、廊道文化体验中感受中华文化的博大精深，增强民族自豪感和自信心。

在内容撰写上注重四个结合：**一是与廊道体验相结合。**突出廊道建设概念，以故事为纬线，以时代发展为轴线，通过富有魅力的故事讲述，展示历史人物、景观、史实，引领读者体验传统文化的恢宏气势和博大精深。**二是与景观建设相结合。**以真实动人的故事为景观建设提供重要的历史资源和文化依据，通过一个个精品景观建设展示历史故事的丰富内涵和当代价值。**三是与文物保护相结合。**通过讲述历史故事，让广大读者进一步了解相关文物、遗址的历史文化价值，提升文物保护意识，推动群众性文物保护工作再上新台阶。**四是与媒体利用相结合。**立足于故事转化，使故事成为各类媒体传播的重要基础、蓝本和素材，成为廊道文化、片区文化讲解、传播的重要学术依据和资料来源。

《丛书》的编纂出版，是普及、传播优秀传统文化，推动文化"两创"的新尝试。衷心希望广大读者通过阅读本书，吸收丰富文化营养，多提宝贵修改意见。

编者

2023 年 8 月

导　语

　　菏泽，位于山东省西南部，有中国牡丹之都和戏剧之乡、武术之乡、书画之乡、民间杂技艺术之乡等美称。菏泽背依黄河，既是一处受古人青睐的生息之地，也是一座充满活力的现代化城市。在当下，厘清菏泽发展脉络，突出菏泽地域特色，讲好菏泽历史故事，才能更好地彰显菏泽的风采，促进文化与旅游深度融合发展。这也是我们编写本书的初衷。

（一）

　　本书主题是菏泽历史文化故事，顺着中国历史发展历程，以导游的视角，游览菏泽历史遗迹和人文景观，采集历史节点人物、历史节点事件，寓情于景，反映菏泽不平凡的发展历史。要了解菏泽，首先要知晓菏泽与兖州、曹国、曹州有着怎样的历史渊源。

第一，曹州来源于兖州和曹国。据《元和郡县图志》记载，周武帝改西兖州为曹州，取曹国为名。周武王灭商朝以后，分封其弟姬振铎至陶（今山东菏泽市定陶区西北）建立曹国。曹国存世近五百年，留下了丰富的文化遗产。兖州是上古时期人们认定的黄河与济水间的一个区域，是一个具有共同风俗信仰的区域概念。为了便于管理，汉武帝将兖州首府置于今鄄城北。东汉建武年间，兖州东迁至昌邑（治今山东巨野南），后迁回鄄城（治今山东鄄城北旧城镇）。曹魏取代东汉后，又迁兖州于廪丘（治今山东郓城西北）。永嘉二年（308），再迁兖州于鄄城，不久又设兖州于廪丘。孝昌三年（527），北魏置西兖州。北周武帝宣政元年（578），改西兖州为曹州。

第二，菏泽承续于曹州。观史可知，沿用了一千多年的曹州之名，并不是延续不断的。隋大业年间，曹州改名为济阴郡。唐朝时李渊又将济阴郡更名为曹州。天宝年间，再改曹州为济阴郡。唐中叶，安禄山叛乱被平息后，朝廷再设曹州。明初，曹州因洪水被迫迁往安陵镇（今牡丹区大黄集镇安陵集），再迁盘石镇（今曹县城）。1371年，因地荒人稀曹州被降为曹县。正统十一年（1446），重设曹州，在今菏泽城新建曹州城。雍正十三年（1735），曹州升为府，辖菏泽县，此为菏泽作为地名之始。2000年6月，设立菏泽市（地级）。

（二）

本书所写菏泽历史文化故事，是指从古至今发生在菏泽的历史故事，或与菏泽人有关联的，或史料所记载的，或口授相传的。既包括史前文明时期的传说，也涵盖后世的正史记载及民间笔记、小说传记；既有建功立业的文臣武将的故事，又有流传于世的文学大家、世外高人的韵事；既有重见天日的墓葬探幽，又有栉风沐雨的古建筑考证，还有流传久远的乡村趣事。可以说，从不同侧面反映菏泽人文历史的特点。

第一，历史悠久，文化厚重，是中华民族的重要发祥地。菏泽因古代境内有天然湖泊菏泽而得名。"菏泽"一词最早见于《尚书·禹贡》中"导菏泽"一句。古人为避水患择高垒土而居，至今境内仍有大量大汶口、龙山、岳石、商周文化时期的堌堆遗址。相传，华胥、伏羲、炎帝、黄帝、蚩尤，以及尧、舜、禹、汤等，都在这里留下了文化痕迹。史书载，"大迹出雷泽，华胥履之，生宓羲"，"尧葬谷林"，"舜耕历山，渔雷泽，陶河滨"等，故菏泽有"伏羲之桑梓，尧舜之故里，商汤之京畿"的说法。

第二，受黄河影响至深。菏泽地处黄河下游，世代与黄河相生相伴，在菏泽境内，历史上有名的湖泊，如大野泽、菏泽、孟诸泽等，都与黄河相连接。公元前 132 年，黄河在河南瓠子决堤，洪水灌注大野泽。从此以后，菏泽就丧失了天下之中的地位。汉成帝、哀帝、平帝时期，朝廷对黄河不加治理，任之浸流，造成了兖州的搬迁，直到王景受命筑堤、治理黄河，才有了黄河几百年的安澜。其后，为阻止后唐军队的进攻，后梁竟然扒开黄河大堤，曹州被淹毁。后晋开运元年（944），黄河在滑州决口，浸淹菏泽全境。洪水最终聚成浩瀚的梁山泊。金大定八年（1168），黄河于李固渡大决口，洪水分流曹州、单州之间，在菏泽形成南北两支主河道。明朝早中期，因黄河不断肆虐，曹州城最终也圮于水。曹州不得不迁至今菏泽城。咸丰五年（1855），铜瓦厢决口，黄河在曹州境内迁徙二十多年，南北滚动几百余里。光绪元年（1875），山东巡抚丁宝桢率领军民以菏泽为中心创筑障东堤，黄河得到了有效约束，形成了固定河道。

第三，自古就是兵家必争之地。发生在菏泽的重大历史事件不计其数，而且影响深远。《史记》中记载的商汤伐夏桀之战就发生在这里。春秋期间，发达的水路交通、繁荣的货物交易，使这里成为各诸侯国垂涎的热土，在此爆发了历史上有名的城濮之战、桂陵之战。秦末农民起义，项梁战死定陶（今山东省菏泽市南部）。公元前202年，刘邦打败项羽，在定陶登基，建立汉朝，这里再度成为政治、经济、文化重地。东汉末年，曹操借镇压黄巾军之名在此建立根据地。南北朝时期，这里为四战之地。声势浩大的黄巢起义、脍炙人口的宋江起义、遍地开花的白莲教起义，以及清末的捻军曹州大捷，都彰显了这里地理位置的重要性。抗日战争时期，第一一五师从这里进入山东建立抗日根据地。解放战争时期，刘邓大军在这里渡过黄河，发起鲁西南战役，继而挺进大别山，拉开了战略反攻的序幕。

第四，历史上名人辈出。根据史籍记载和民间传说，在这片古老的土地上，许许多多的历史文化名人留下了不可胜记的故事。他们之中有的出生于此，如孙膑、黄巢；有的生活于此，如庄周、曹植；有的终老于此，如姬振铎、范蠡；有的在此留下了深深印迹，如李白等。他们之中有的品行高远，有的开创新世，有的清正廉洁，有的仁政为民，有的忧国忧民，共同组成了巨幅菏泽人脸谱。

第五，文化遗产众多。菏泽文化厚重而灿烂，旅游资源丰富，民间传说繁多，历史故事有遗蕴，文化遗址有内涵，人文景观有影响。截止到 2022 年年底，牡丹传说、山东古筝乐、商羊舞、枣梆、佛汉拳、鲁锦织造技艺等被列为国家级非物质文化遗产项目，包楞调、担经等被列为省级非物质文化遗产项目。境内有文物古迹一百多处，国家级文物保护单位六处，省级文物保护单位五十二处。此外，还有曹州牡丹园、水浒好汉城、孙膑旅游城等 AAAA 级以上名胜古迹和人文景观二十多处。

（三）

本书旨在，通过精心选取的一个个形象生动的历史故事，反映不同历史时期菏泽的人文地理环境和菏泽人的生活状况、精神风貌及家国情怀，进而反映菏泽历史丰富的精神内涵。

第一，菏泽人饱受战争和河患的磨难，形成了自强不息、坚韧不屈的个性。此个性于数千年起伏跌宕中传承不辍，伟大成就光耀史册。

第二，菏泽人形成了开放包容、融合超越的品格。包容、融合是中华文明的精神品格，开放、超越是历史赋予身受深重灾难的菏泽人的特殊秉性，这种品格使菏泽文化不断丰富发展。

第三，菏泽人形成了团结爱国、追求和平的家国情怀。这是一种在潜移默化中形成的信仰，生发于传统文化的精神力量。

第四，菏泽人形成了崇文、尚德、务实、图强的新时代菏泽精神。这种历经时间磨砺而成的精神，将激励菏泽人不断进取，勇往直前。

好的故事来源于生活，生活的积淀形成历史。习近平总书记在党的新闻舆论工作座谈会上指出，要讲好中国特色社会主义的故事，讲好中国梦的故事，讲好中国人的故事，讲好中华优秀文化的故事，讲好中国和平发展的故事。讲故事就是讲事实、讲形象、讲情感、讲道理，讲事实才能说服人，讲形象才能打动人，讲情感才能感染人，讲道理才能影响人。我们饱含深深的乡情，收集、整理、撰写菏泽故事，希望这本菏泽文化"导游册"，可以为菏泽文旅"后来居上"贡献力量。

目 录

1

一

菏泽古事

2013 年 11 月 26 日，习近平总书记在菏泽视察工作时指出，菏泽，传说是伏羲之桑梓，尧舜之故里，先为商汤之京畿，继属曹国之疆土。位于黄河流域下游的菏泽，是中华民族重要发祥地之一。传说时代，华夏人文始祖伏羲孕育于雷泽湖畔，蚩尤带领八十一氏族部落生活在大野泽周围，尧、舜、禹足迹遍布境内；夏之后，商汤建都曹县境内，并葬于亳；周朝分封建立的曹国延续五百多年，留下大量历史故事。另外，菏泽堌堆数量之多、分布之广、布点之密，世上罕见，形成的　堆文化具有十分重要的历史价值。菏泽这片土地上还发生过许多风云激荡、扣人心弦的重大历史事件，桩桩件件影响深远。如以"退避三舍"而闻名于世的城濮之战、《孙膑兵法·擒庞涓》中的桂陵之战等，此外，刘邦在定陶登基建立汉朝，还有黄巢起义、宋江起义、巨野教案等。现在，让我们一起了解菏泽悠久的历史，领略菏泽文化的魅力！

（一）人文溯源

1. 伏羲桑梓

中华之根华胥

在山东省鄄城县东南部,有一处占地六千多亩的湿地公园。这里绿树成荫,整方连片的花木错落分布在湖的周围,绕湖的道路宽敞畅达,勾连亭台花圃的小路曲径通幽,湖面波光粼粼,鱼虾自由游弋。这片风景优美之地就是《山海经》《史记》等古籍中记载的中华民族重要发祥地之一的雷泽湖。

为什么说雷泽湖是中华民族发祥地?因为华胥在这里孕育了中华神话中人类的始祖——伏羲。传说远古时期,有一个华胥部落,其首领华胥品行高洁、善良勇敢,深得族人拥护。为寻找最佳生活地方,她带领族人不断游徙,足迹遍布黄河流域。后来到了雷泽湖一带,她看到这里水草茂盛、水族众多,动植物种类也很丰富,于是就带领族人在此以渔猎和采摘野果为生,倒也其乐融融。谁知雷泽湖中有雷神,他脾气暴躁,一不高兴就拍肚子,随即电闪雷鸣,湖水被搅动起来祸及岸上的华胥部落。为保部族安宁,华胥决定到湖中劝告雷神。有一天,她在湖畔看到一只巨大的脚印,十分好奇地踩了进去,随即一种奇妙的感觉油然而生。而湖中的雷神也感应到了湖畔的华胥,就

3

现身向美丽的姑娘表达爱意。之后，两人结为夫妻。

回到部落后，华胥怀孕，十二年后生下了伏羲。雷神看到自己后继有人，愈发顺从华胥，不再随意鼓腹施暴。于是，雷泽湖风调雨顺，华胥族人丁兴旺。

伏羲长大以后，为让日益增多的族人获得更多食物，他发明了网罟并教会族人使用，这样捕鱼和打猎的收获就大大增多了。那时没有文字，人们通过打不同的绳结记事，这样既不方便，也经常出错。为此，伏羲发明了阴阳符号和标识事物特征的书面符号，即作书契代绳结。据说，中国有文字记载的历史是从伏羲开始的，也就是说，伏羲发明的书契是中华民族文字的源头。远古时期婚配混乱无章法，伏羲就制定了婚嫁礼法规则，部落逐渐摆脱了乱婚、群婚的状态。华胥生养了伏羲、女娲，后二人结合，繁衍后代，生生不息。因此，可以说华胥是我们中华民族的始祖母，是中华民族之根。

近些年，对雷泽湖的保护与开发取得显著成效，雷泽湖一带已成为集观光、垂钓、避暑等为一体的旅游度假休闲景点，吸引了不少游人，尤其夏季，人气爆棚。人们在赏景娱乐之外，还能品尝到鱼虾之类的湖鲜，以及富有鲁西南特色的美味。

2. 尧舜故里

圣主尧舜禅让

山东省鄄城县富春镇，有一座突兀高大的山包样的　堆，树木郁郁苍苍。这就是著名的尧陵，即古史传说时代两名圣主之一的尧的陵墓。全国第三次文物普查时，尧陵被列为山东省省级文物保护单位。鄄城县闫什镇历山庙村，还有一处造型古朴的院落，院内柏树青翠挺拔，历代碑文久经沧桑而斑驳，旁边伫立石碑，镌刻"舜耕历山古遗址"。全国第二次文物普查时，发现并确定该遗址，历山古遗址后被列入山东省省级文物保护单位名录。2014年，在纵深勘探中，有关人员发现大量龙山文化时期的遗迹。千年古鄄，名不虚传，尧舜故里，实至名归。

尧舜时期没有完整文字，他们的很多事迹都是以民间故事或传说的形式留存下来，被历朝历代史册典籍所收录。传说中，尧二十岁时接受禅让为王，定都平阳（治今山西临汾市西南），一百一十七岁去世，葬于谷林（今尧陵）。舜出生在姚墟（今鄄城南舜城集），在家乡长期生活，在历山耕作时与尧相见，接受尧的各种考验并最终继承了王位。据史籍记载，尧、舜都具有高尚的道德品质与出众的领导能力。尧仁德如天，接近他就能感受到阳光般的暖意；尧智慧如神，没有他解决不了的困难。他富有而不放纵，显贵而不骄傲，赏罚分明，具有极强的凝聚力和号召力。舜虽然家境贫寒，但吃苦耐劳，有孝心、爱心，能力出众，无论在历山耕种或在雷泽打鱼，还是在黄河之滨制陶，总能赢得人们的信服。他自带光芒，所到之处皆祥和兴旺。在尧、舜众多传说中，最让人感念的还是禅让的故事。

史载，尧在位七十年后，开始考虑接班人。尧坚守"公天下"原则，他认为王位关系到所有人的利益，让贤者在位、能者在职，才不亵渎上天的意旨。为此，他先后否定自己的儿子丹朱作为接班人选。尧认为，如果让愚顽、凶恶的丹朱占据王

尧陵

舜耕历山古遗址

位，那么天下就一定会受到他的伤害。为寻找自己心目中的理
想人选，尧要求大臣寻访、推荐继承人时打破出身与社会地位
的限制，不要顾虑氏族血缘关系的亲疏远近，只要具备治理好
天下的才能就行。后来，尧听说箕山之侧、颍水之旁（均在今
鄄城）有个隐士叫许由，就屈驾拜访。但许由天性淡泊，不想
和王权打交道，就远远避开了尧。后来四岳（四方部落首领）
推荐了以孝、贤闻名的舜。舜出身贫寒家庭，他父亲是个盲人
而且还很愚蠢，他后母顽固、恶毒，他的弟弟乖戾、傲慢，他
们经常合伙虐待舜，并多次想把他置于死地，但舜仍然对父母
坚守孝道，对弟弟忍让照顾。尧了解到舜的这些情况后，决定
亲自考察。于是，他跑到历山，远远看到田野中一个身材魁梧
的青年正驾着两头牛犁地。奇怪的是，一般都是拿着鞭子驱赶
牛，而这个人却在犁辕上挂一张簸箕，隔一会儿吆喝一声，再
敲打一下簸箕。尧上前询问，得知这个人就是舜。舜解释说，
牛为人耕田出力本来就很辛苦了，自己不忍心再用鞭子抽打，
而敲打簸箕可以让两头牛都认为主人在鞭打对方，这样都会卖

力拉犁。尧觉得舜在耕地上都有这样的智慧和爱心，处理人的事更错不了。尧又通过和舜谈论治理天下的事情，感受到舜这个人明事理，晓大义，善良有爱，有大智慧。尧想知道周围的人如何看待和评价舜，就走访舜曾经生活、劳作的地方，发现只要是有舜的足迹的地方便礼让兴盛，而且他的号召能力也很强。如舜在河滨制陶器时，他周围的陶工也变得认真了许多。无论他到哪里做事，人们都愿意追随他。尧想知道舜处理家事的能力，便把两个女儿娥皇、女英嫁给了舜，让她们仔细观察舜的私德和处理家庭关系的能力，还把九个儿子派到舜身边一起做事，借此了解舜的人品。不出所料，考察结果让尧很满意。于是，尧决定把舜当成继承人培养，让他参与政务处理，借此历练治理能力。此后，舜参与施行五教、处理政务、接待宾客、管理山林等事务。经过二十多年的磨炼，舜不仅把所有的事都处理得井井有条，还在一些方面有所创新。尧便择吉日，宣布舜为继承人。尧去世后，舜代行天子事，服丧三年期满，按照礼节要把王位让给丹朱，但人们都信服舜而反对丹朱，有事情也不找丹朱，还是找舜处理。真的是众望所归了！舜这才正式继承了王位，带领大家开启了一个新的时代，也给后人留下了尧舜禅让的佳话。

3. 单卷两拒帝位

舜师逍遥隐山林

单县之名来自古代的一位智者，单卷。据说，单卷因会道术、有德行而被氏族尊称"单父"，所以，单县古称为单父。春秋时期，孔门弟子宓子贱任单父宰，把单父治理得路不拾遗、夜不闭户。唐开元年间，诗人陶沔担任单父尉时邀约好友李白前来游玩，李白携杜甫、高适与陶沔一起游猎孟诸泽，四人共登琴台吟诵酬和，留下脍炙人口的诗篇。

单卷本来是黄河下游东夷一个部落首领，为避洪水危害，带领部族迁居到孟诸泽东北部。相传单卷懂天文、识地理，能根据节气及天气变化指导族人进行农业生产，因此总能获得丰收。他还知鸟音、懂兽语，教会族人饲养家禽家畜。据说，闻名天下的单县青山羊，最初是由他驯化而来的。他还教会族人如何冬储粮食、夏晒鱼干，用兽皮制作被褥和衣服，用棉麻捻线织葛衣。单卷还注重对人的教化，如他发明一种名叫"击壤"的游戏，即制作两个前宽后窄的尺余木块，一个插在土里，然后在远处用另一个击打，击中者胜。相传，有老人击壤而唱《击壤歌》："吾日出而作，日入而息。凿井而饮，耕田而食。帝力何有于我哉！"这应该是最早的民间诗歌了。击壤游戏在20世纪鲁西南农村很常见，它成为一代人美好的童年记忆。单卷通过传经讲学，让族人懂孝悌、知礼仪，团结友爱，积善养德。久而久之，他声名远播，不断吸引周边民众聚集，这使其所在之地人气旺盛、五谷丰登，呈现祥和的景象。

尧听到单卷的名气如此之大，就亲自前来拜访。当时，单卷坐北面南，尧则是站在单卷对面，毕恭毕敬，垂手而立。这哪是帝王与平民的见面？分明是学生拜见老师的礼仪！与尧同行的大臣认为尧是天子，单卷是平民，以尧之尊不应该对单卷行这样的大礼，甚至不需要尧屈尊前来，只需要把单卷召过去就行了。但尧认为，像单卷这样的高人是不能慢待的，论品行与知识，自己只能当单卷的学生。在这次会面中，尧对单卷治理天下的见解深有感触，对卷的智识与德行十分钦佩，产生了把帝位禅让于他的想法。但单卷拒绝了。不过，单卷"帝师"的名声由此传播开了。

舜接管天下后，对单卷也是十分仰慕，在一次南巡期间，专程绕路拜访单卷。在交谈中，舜也是以学生身份向单卷请教如何更好地治理天下。单卷先是对尧的一些做法进行了评价：尧治理天下时不重视对百姓进行礼仪教化，不会运用奖赏的办法促使百姓努力劳动，只知道平均分配却不了解百姓的喜怒哀乐，这不是治理天下的好方法。在评判舜的治理时，单卷毫不客气地批评舜不汲取尧帝教训，现在还制作盛大华丽的服饰让百姓眼花缭乱，还让百姓沉溺于复杂的音乐中，心智慢慢变得愚昧，长此以往，天下将变得混乱。舜听后如醍醐灌顶，感到自己的才能、学识远不及单卷，喟然长叹："单卷才是治理天下的大才啊！如果由他治理天下，那便是天下人民的福祉了。"舜提出要把王位禅让给单卷。而单卷淡泊权位名利，对君主之位丝毫没有兴趣，就拒绝了舜的要求。心有不甘的舜多次拜访老师，反复表示要禅让帝位，单卷则坚辞不受。有一次，单卷实在被舜纠缠烦了，就说："我习惯了冬天穿着兽皮衣御寒，夏天穿着葛布衣纳凉，春种秋收，日出而作，日入而息。我非常享受这种逍遥的生活，要天下帝位干什么？看样子你还不了解我啊！"为获得自己内心的安宁，也为了让舜专心治理天下，单卷悄悄躲进深山隐居起来，从此再也没有人知道他在哪里。

4. 商汤京畿
曹县的汤王陵

在山东省曹县阎店楼镇土山集村西，有一处省级文物保护单位，即商代开国之君汤的陵墓"汤王陵"，距今已有三千六百多年的历史。

汤，名履，又称成汤等，是帝舜时期契的后裔。汤继任商侯后，带领商族北迁，建都于亳（今山东曹县）。当时夏朝君主桀暴虐无道，百姓苦不堪言，遭到不少诸侯反对。汤营建新都后，对内勤政爱民，重视农耕生产，得到国人一致拥护，国力也蒸蒸日上；对外宽容仁厚，树立贤明君主形象。据说，有一天汤外出游猎，在郊野看到一张四面围起来的大网，而网内的禽兽不知危险将至，仍然在觅食鸣唱。商汤认为这种赶尽杀绝的捕猎方式太残忍了，于是将一面网拆除，只保留三面。这就是成语"网开一面"的由来。汤的宽容待人赢得了其他诸侯的拥护，一时间竟有四十多个诸侯归顺，许多诸侯从此不再朝觐夏。此外，汤又求贤若渴，广揽人才。他起用奴隶出身的伊尹为右

汤王陵

丞相，又说服仲虺担任左丞相。为消灭夏朝，汤逐个剪除夏朝的羽翼，完成对夏朝的战略包围。

其后，桀召汤入朝并借机把他囚禁在夏王都的钧台。伊尹和仲虺得知后就向桀献上珍宝、玩器和美女，贪财好色的桀不久就下令释放了汤。在返回商都途中经过洛水时，汤向河水投璧明誓：承天命，顺民心，必剪灭桀！桀的暴虐在诸侯中引起了很大恐慌，各方纷纷投奔汤，唯恐祸及自身。于是，汤先对夏的联盟韦、顾、昆吾等国发动了战争，把它们的土地、财产和人民都并入了商国，进一步壮大了商国实力。在对夏发动总攻之前，汤决定先试试夏的实力。汤以停止进贡观察桀的反应。果不其然，暴怒的桀立即召集九个夷族的兵力要讨伐商。看到桀居然还有这么强的动员能力，汤断定还没到消灭桀的最佳时机。于是，汤就送上厚礼向桀请罪，并保证以后会按时朝贡。桀就撤了兵，让东夷九族等各回各国。而九夷族首领和各诸侯看到桀如此昏聩、反复无常，纷纷叛离，相约从此不再听从他的调遣。商汤见时机成熟，在西亳（今河南偃师市西）誓师。誓师大会上，商汤向参战的商军和助军宣读了一篇伐夏的誓词，史称《汤誓》，大意是说：并不是我随便以臣伐君、犯上作乱，而是夏桀罪恶太多，上天命我去诛伐他，我不敢不遵从上天旨意。如果上天不高兴，就由我一人领受惩罚；如果成功，我将给大家很大的赏赐。请你们相信我，我决不食言。若有人违背今天的誓言，我就要严惩不贷，希望不会出现这样的事。经过这样恩威并施的动员，士气大振，士兵都表示愿意与夏军决一死战。汤率领七十辆战车和五千步卒，与桀军队在鸣条之野展开了大会战。当时雷声霹雳、大雨滂沱，商军不避雷雨，英勇奋战，而夏军一触即溃。桀慌忙带领五百残兵一路向东逃，汤紧追不舍。桀只好带着残部逃往南巢（今安徽巢湖市西南），后忧愤病死。汤回师西亳，召集诸侯举行大会，得到三千诸侯的拥护，取得了天下共主的地位，夏朝宣告灭亡。至此，整个中原都在汤的控制之下。

商朝建立后，汤吸取夏朝灭亡的教训，广施仁政，深得民心，政权稳固，农业、手工业迅速发展起来。商汤又大规模修筑了亳城，还把大禹制作的象征国家的九鼎迁移过来，商朝呈现一片繁盛景象。最终，商汤葬于都亳。

5. 曹国疆土

活了五百年的姬振铎

说到曹国，就不得不说它的灵魂人物姬振铎。他是周武王的亲弟弟，也是曹国的始封之君。

公元前 1046 年，周武王取得牧野（今河南淇县西南）决战胜利。在进入商都朝歌的盛大仪式上，周武王的弟弟姬振铎威风凛凛地护卫着辂车，武王端坐车上，周公旦手持大斧，毕公手持小斧，侍卫在武王两旁。周朝建立，周武王登基后，论功行赏，因姬振铎尽心辅佐武王伐纣，特别是牧野之战护卫武王有功，就把他列入首批诸侯中分封到曹邑。故而，姬振铎又称曹叔振铎。当时曹国辖地大致包括现在的定陶区、牡丹区、曹县等。从周武王分封诸侯看，他对姬振铎有偏爱，同时也想发挥姬振铎善于治理的长处。而姬振铎的优点一是忠诚，二是善于治理国家。曹邑是齐鲁、吴越之地的诸侯进镐京朝拜周天子的必经之地，姬振铎担负着为周天子守好东大门的重任，曹国一度成为拱卫周王室的十二大诸侯之一。同时，它还是膏腴之地：土地肥沃、河网密布、交通便利、人口稠密。分封到曹邑后，姬振铎充分利用优势条件发展生产。他实行轻徭薄赋，体察民情，鼓励百姓削岗平洼，垦荒种田，疏水导流，促进农业生产。他还注重农桑，教民众讲礼义、知廉耻，提倡节俭，崇尚淳朴，使人人安居乐业，丰衣足食。所以，后人称赞姬振铎教民有法，是开疆辟土的圣人。姬振铎执政期间，曹国成为西周的商贸物流中心。

姬振铎建曹国后传了二十五代国君，计五百余年的历史。曹国的灭亡极富有传奇性。据记载，曹伯阳三年（前499），曹国都城里有一个人梦见很多贵族站在土地庙商议怎么灭掉曹国，这时曹叔振铎出来制止了他们，说让他们等待一个叫公孙强的人出来后再灭曹国，贵族们答应了姬振铎的请求。做梦的人天亮后到处找也没有找到公孙强这个人，于是就告诉自己的儿子："我死后，你只要听说叫公孙强的人执掌政事，就赶快带领族人离开曹国。"三年后，果然公孙强受到曹伯阳重用，做了曹国的司城。那个人的儿子听说后就带着家人逃离了曹国。曹伯阳十四年（前488），曹国主动断绝与晋国的关系，出兵进犯宋国，结果一年后为宋国灭掉，曹伯阳与公孙强被俘后遭处决。从这个故事中可以看到曹国的灭亡富有戏剧性。自姬振铎开国以来，曹国就把尊周守成作为基本国策，同时坚持中立的外交政策。在春秋战国诸侯争霸的背景下，处在大国夹缝中的曹国能够保持国祚不断，传承五百多年，与坚守这些策略有很重要的关系。由此推论，曹伯阳亡国与抛弃这些国策有直接关系。曹伯阳狂妄自大又昏聩无能，有称霸野心无治国才能，沉溺于打猎游玩，还把重要国事委托给猎人出身的公孙强，这实际上已经把曹国置于危险境地了。曹国与晋国结盟有深厚的历史渊源，但曹伯阳没有政治头脑，竟然轻易背弃晋国这个最重要的盟友，以至于宋国出兵攻曹时，晋国再也不派兵救援，曹国灭亡就无可挽回了。尽管史书所载托梦是虚幻的，但它表达的思想是真实的：国家的兴衰与君主之政密切相关。当国君昏聩无能而又不能使贤任能时，国家败亡迹象就会显露出来，人们就会担忧，君主也应及时警醒。姬振铎所托之梦既表达了曹国普通民众对国家命运的担忧，也是试图警醒曹伯阳。倘若姬振铎托梦之事引起曹伯阳的警觉，他及时反省，看清政治形势，远离公孙强等夸夸其谈之徒，把心思用于励精图治、勤政爱民上，那么在位期间他足以改变曹国的历史命运。这样，既能赢取曹国百姓的信任，也可告慰包括姬振铎在内的祖先。可惜，曹伯阳就是亡国之君，曹叔振铎的祭祀终究还是断在了曹伯阳手里。

曹国虽然化作历史的尘埃，但它的一些遗迹尚存。在曹国故都，今菏泽市定陶区，仍有一片高大的土丘即仿山，也就是曹国历代国君的墓地。

6. 古代文明密码

菏泽探源话堌堆

在菏泽，"堌堆"常被用作地名，以"堌堆"命名的村庄现有一百多个。根据史料统计，菏泽市曾有五百多个堌堆，至今保存完好的有一百八十六个。其中，成武县、定陶区、牡丹区、巨野县分布最为集中。这些　堆可不是一般的土丘。据推断，这些堌堆大部分存世千年以上，最久远的可追溯到七千年之前。这种景观在全国乃至全世界，都比较罕见。

菏泽为什么会有这种独特景观？这些堌堆又蕴含着什么历史秘密？

根据史籍研究，菏泽之所以堌堆众多，主要是因为这里地势低洼、水害严重，古人为避水患而筑高居住。因此，绝大多数堌堆是古村落遗址。

远古时期，菏泽水系众多，天下著名九泽这里有四：大野泽、菏泽、雷泽、孟诸泽。此外，济水、濮水、沮水等诸多河流也流经此地。为避水灾等，人们就选取沿岸稍高的地带而居。2013 年，菏泽一公司在定陶仿山镇何楼村建水池时发现了古墓葬。经过挖掘清理，古墓呈现出由众多探方组成的遗址。考古学家从坑中发掘出各种生活用品与生产工具等，在墓葬填土中还发现了北辛晚期至大汶口早期阶段的陶片。这表明，在距今约七千年前这里就有人类繁衍生息。

近古时期，黄河水患则是众多堌堆形成的根源。据文献记载，从周朝到新中国成立之前，在菏泽境内发生和危及境内的大小决溢、改道超过七十次。黄河决口给这里的人民带来了灾难，但不可否认，黄河又是当地人赖以生存的"母亲河"。黄河冲击形成广袤的鲁西南平原，这里土质疏松、土地肥沃，易于耕作、便于灌溉，是人们无法割舍的家园。于是，在与水患抗争中人们摸索出独特的生存方式：洪水来时就迁移到高处，洪水退去再回来重建家园，根据水位把地基抬高，世世代代反复如此，就形成了这些兀立于地面、状如土丘的堌堆遗址。历史上，基于黄河两次改道，菏泽堌堆形成了呈条状集中分布的特点：南边以曹县、单县为界，自西向东画一条线；北部以牡丹区北边为界，由西南偏东北画一条线。菏泽的绝大多数堌堆遗址分布在二者之间，尤其是中间地带，这两条线以外则很少。

菏泽的堌堆封存着厚重的历史，每个堌堆下面都埋藏着精彩的历史故事。以春秋战国时诸侯会盟为例，据《春秋》记载，鲁庄公三年（前691），鲁国时常受到宋国侵扰，为确保边界安全，鲁庄公就派使臣向东邻齐国游说结盟。两国商定在鲁国西境大野之地会盟。为壮大声威，会前两国抽调数千人在大野泽以西、济水以南构筑了盟台。会盟这一天会场上旌旗蔽空，金鼓齐鸣。两国的军队穿甲戴盔，刀枪林立，威武雄壮，向外宣示结盟国同心协力、坚不可摧的强大形象。会盟台有鲁国士兵守卫，台上堆有柴草畜粪，有警情时点燃，白天浓烟冲天，夜晚火光映野，警报瞬间传出，齐军发兵相助。自此，鲁国边境平安无事。像这样的会盟台还有鄄城的葵堌堆、牡丹区的青邱堌堆、曹县的江海堌堆等。仅《左传》记载，从夏朝

齐鲁会盟台

到战国时期，发生在菏泽境内的会盟就有六十次。不少会盟台由于种种天灾人祸被损毁，还有一些依然沉没地下尚未发掘。如今这些不甚起眼、静静伫立的堌堆，都是几千年前云谲波诡、风云激荡的历史见证。

菏泽的很多堌堆都蕴含着丰厚的历史文化。目前，已发掘的　堆遗存可分三类，即大型墓葬、会盟土台、聚落遗存。前两类封土一般土质较纯，普遍有人工夯实痕迹，后一类除房基之外，封土一般没有夯实痕迹，土质较杂，其中混有大量陶片、石器、骨器、蚌器、动物骨骼等，土壤多呈黑色或黑灰色。这些为我们解读历史，尤其是史前时代提供了依据。2013年冬，菏曹运河拓宽工程施工期间，施工人员在仿山镇十里铺村发现了一处堌堆型古聚落遗址。经勘探，该遗址南北长约三百五十米、东西宽约三百米，面积九万多平方米。由于多次被洪水淹没，泥沙淤积，遗址上部覆盖厚土。清理后发现，堌堆的边缘是一圈不连贯的夯土墙。经探沟解剖发现，一部分夯土墙可能属于岳石文化时期，另一部分属于东周时期。在堌堆南部的夯土墙处有汉代墓地，墓地地势高于周边，应是建在高台上。后续发掘又发现了商代陶器等物品。再如，1979年试掘莘冢集遗址时，曾发掘龙山文化灰坑七个，在其下层还发现了大汶口文化遗物。从1976至1979年菏泽地区试掘的十二处堌堆遗址来看，有的从大汶口文化时期开始堆积，有的是从龙山文化时期开始堆积，且一般包含两个及以上文化时期。据文物普查资料统计，经历两个以上文化时期的堌堆遗址占总数的九成以上。经过无间断的长时期使用，这些堌堆的文化层不断堆积增高，形成了一个个高大的堌堆遗址。这些堌堆不仅立体呈现出数千年前古人居落的形成过程，而且也反映出环境、地貌的历史变迁。

7. 天下之中

神仙眷侣定居定陶

在菏泽市定陶区崔庄村北，有一个被绿树环绕的大堌堆。其上青草萋萋，一旁伫立黑底白字的墓碑，镌刻"范蠡墓"三个大字，最上有"山东省文物保护单位"字样。范蠡，又名陶朱公，辅助越王勾践复仇，和西施有着传奇的爱情故事。那么，范蠡缘何来到定陶？他和西施的爱情结局又是怎样的呢？

这还要从范蠡帮助勾践复仇说起。公元前493年，越国在与吴国的战争中兵败，勾践带着残兵被困于会稽，在无路可走的情况下听从范蠡建议向吴王夫差请降，以保全生命。勾践在吴国做人质期间，范蠡主动陪同，助其应对复杂局面。勾践给吴王看墓喂马当奴仆，范蠡则陪侍干些粗活。为让吴王放松戒备，范蠡要勾践蓬头垢面、疯疯癫癫。在夫差生病时，勾践主动尝他的大便以了解病情，结果把夫差感动得涕泪纵横，不久被释放回国。回国后，勾践听从范蠡建议，卧薪尝胆暗自蓄积力量，包括发展经济、稳定民生、广揽人才、带头俭朴生活等。为避开吴国对越国的监视，范蠡到远离吴国的偏远地方招兵买马，操练军队，囤积财富。在修建都城时，面向吴国的一面不设城墙，以表示越国对吴国不设防。范蠡还策划给夫差送美女、珠宝，但开始时夫差并未沉溺温柔乡，于是范蠡决定挑选绝色。为此，他走遍越国每个地方，然而均无所获。在失望至极返回的途中，他正好路过苎萝山（今浙江诸暨南），在河边忽然看到一个妙龄女子在浣纱，走近一看，顿时为她的美貌所倾倒，甚至河中的一些鱼儿游到她身边也忘记了汏水，纷纷沉落水底。范蠡大喜，几天来的烦恼顷刻烟消云散，心想：这正是我要找的人！交谈后范蠡得知，这个女子叫西施，和母亲一起靠为人浣纱生活。范蠡征得西施同意后把她带回都城，对其进行歌舞训练。西施聪慧用心，进步很快，她又识礼乖巧，深得范蠡喜爱。这种欣赏喜爱又很快演变为男女情爱，而多才英俊的范蠡也博取了西施的芳心。但为了国家复仇，他们都选择了隐忍与割舍。三年后，范蠡奉勾践之命把西施献给了夫差。吴王立刻被能歌善舞、风华绝代的西施吸引，沉溺于温柔乡，从此不问政事。由于政事长期懈怠，再加上被战争轮番消耗，吴国已是国衰兵疲、强弩之末。于是，越国对吴国发起致命一击。范蠡带领主力水师把夫差引到姑苏山包围起来，并亲自击鼓指挥军队前进，被困于山头的夫差只好拔剑自刎。

吴国灭亡后，范蠡找到西施并把她秘密带回越国。颇通相学的范蠡早就从面相上看出勾践是只可共患难、不可共富贵的人，多年密切接触也印证了他的判断，让他更加坚定了离开勾践的决心。于是，范蠡给勾践留下一封信，带上钱财，携西施及家丁悄悄地坐船离开了越国。来到齐国后，他改名换姓以耕种渔猎为生，由于善经营，很快成了远近闻名的富翁。齐国君听说后就打算让他当国相。范蠡担心名声太盛会招来祸患，就动了再次迁移的念头。他知道有一个叫陶的地方，那里交通便利、人口密集，向来是经济贸易中心，范蠡认为这个地方很适宜生活。就把家财散给亲友乡邻，只带几件贵重之物，轻车简从远遁到陶，再次隐名换姓，自称为陶朱公。他利用当地四通八达、利于交易的优势，依据百物丰歉买贱卖贵，十几年间又累积家财万贯，富甲一方。闲暇之余，他与西施在附近山上挖水池养鱼，在山下饲养家畜，二人还一起耕作荒田。死后，便葬在此地。

8. 消失的大野泽

汉武帝巨野赋诗

人们常用"九山九薮"总括中国古代的名山湖泽。沧海桑田，上古时期九薮之一的大野泽，如今已成为一马平川的平原！这种地貌剧变是如何发生的？这神奇的大野泽又发生过什么故事？让我们一起走进古代历史。

大野泽古址在今巨野县北部，西汉以前这里称为大野，后改为巨野，因此大野泽又名巨野泽。据神话传说，大野泽形成于大禹治水时期。巨野现在还有一处非常古老的遗址叫凤凰台。传说，为帮大禹治水，一只凤凰曾降落在这里。

西周时，大野泽为肾脏形，南北三百里，东西百余里，源水不断。据《左传》记载，鲁哀公曾西狩于大野，叔孙氏的手下捕获了一麒麟，人们都不认识这是什么动物，认为是不祥之物，就把它交给了管理山泽的官员。孔子听说后把它要走了。麒麟死后，孔子很伤心，从此绝笔。

据说秦朝时，秦始皇东巡曾路过大野泽，位于巨野县金山的秦王避暑洞，是当年秦始皇避暑休息的地方。秦末，昌邑人彭越在大野泽以打鱼为掩护做强盗。汉高祖刘邦在起义之初，曾受项梁之命进攻巨野县。彭越顺势帮助刘邦打天下，后被封为梁王，建梁国，都定陶。大野泽就属于当时梁国的领地。

大野泽的消失也经历了一个长期反复的过程，且与黄河的治理休戚相关。西汉时，受气候及黄河上游人们生产活动影响，水灾非常频繁。汉元光三年（前132），发生了一起严重的水患。当时黄河决入瓠子河，滔滔洪水向东南注入大野泽，又继续奔流侵入淮河、泗水河道，淹没十六个郡县，一片汪洋。汉武帝立即派大臣汲黯、郑当时前去堵口。汲黯自幼居住在黄河岸边，熟悉水情，赶至现场后，迅速组织人堵塞决口，但因决口太大，水流速度太快，再加上防洪物资跟不上，以至于堵了几次都没成功。这时，武安侯田蚡出于私利，千方百计阻挠堵口。当时汉武帝忙于应对北方匈奴的威胁，就下令暂停堵口。此后二十多年，黄河基本处于放任自流状态，水患影响很严重，方圆二三千里的地方连年歉收，一些地方饿殍遍野。汉元封二年（前109），在北方匈奴威胁解除之后，汉武帝决心解决黄河决口问题。他派汲仁、郭昌调集数万士兵全力封堵瓠子决口。汲仁吸取汲黯治黄经验和教训，到百里之外的淇园砍伐大竹子，先把大竹、巨石嵌入决口处，再沿着决口横向把树木插入河底为桩，由疏到密，当水势减缓后再用草料填塞，最后压上土石块。工程进行到关键时刻，汉武帝从泰山封禅祭祀归来。他到决口处把白马、玉璧沉入黄河，以表示堵口的决心，又命令将军以下的官员都要背负柴草等物料参与抢堵施工。为激励将士与民夫，汉武帝巡视灾区，即兴作诗，让众人一起高唱，这就是流传下来的《瓠子歌》，大意为：

瓠子决堤了有何救灾良方？黄河泛滥到处尽是一片汪洋。一片汪洋百姓怎能安宁，救灾不已啊洪水上涨与鱼山渐平。洪水漫山，巨野之泽四溢成灾，鱼虾成群游于田野又值冬日将临。河水冲毁故道横流四野，好似那蛟龙离开江河在田原上随意驰骋。回到原有的河道吧，滔滔的黄河！神灵，请用无边的法力保佑众生！若不是祭祀泰山啊，我怎能得知关外百姓的苦辛！我问河伯，何不仁爱苍生？洪水滔滔，使我忧心如焚。啮桑成为水泽，淮泗波浪翻腾，江河纲纪废弛，久久不得安宁。黄河翻腾波涛汹涌，回复故道困难重重。取来竹苇沉下美玉，祭祀河神祈求成功。河伯允诺啊，柴薪不足。柴薪不足啊，卫人苦痛。旷野萧条柴木已尽，没有柴木啊，哪能够救灾抗洪？砍伐淇园的竹林，插石填土，堵住溃口幸福无穷！

经过三年不懈奋战，黄河决口问题得到解决。为了减轻黄河对瓠子口的冲击力，防止黄河再次决堤，汉武帝后来又调动数万士兵疏导了黄河往北的两条水道，开凿了漕渠，引之北流、灌溉农田。昔日的黄泛区被改造成数以千万计的良田，曾经哀鸿遍野的梁、楚之地消除了水患，重新获得安宁。此后八十余年再也没有大的水患发生。

隋唐之后，随着黄河河道固定，大野泽水源受到限制，再加上气候变化等原因，大野泽日渐式微。五代十国时，由于战乱，黄河疏于治理，决堤与洪水泛滥又加重。923年，后梁为阻止后唐军进攻，掘开黄河堤坝，大量泥沙涌进大野泽。944年，黄河又在滑州决口，浑浊的泥沙水浪冲进大野泽，致使大野泽继续往东北推移，在梁山附近形成了梁山泊。北宋末年，大野泽南部因黄河泥沙淤积填为陆地，只剩下北部部分水面和梁山泊了。元末明初，梁山泊也被泥沙淤平，所剩只有现在的东平湖了。

（二）风云激荡

1. 城濮之战

晋文公的"退避三舍"

"退避三舍"，常用来比喻为了避免和他人冲突，主动退让和回避的行为。这个成语故事来自两千多年前发生的城濮之战。

公元前 656 年，晋国发生"骊姬之乱"，晋公子重耳为躲避其父晋献公宠妃骊姬的迫害，仓皇逃出晋国，在诸侯国间颠沛流离。流亡到楚国时，楚成王并没有因他流亡者的身份慢待，而是以国君之礼招待他，三日一小宴，五天一大宴。一天，楚成王陪同重耳打猎归来，又盛宴款待。酒酣耳热之际，楚成王忽然问："假如有一天你回晋国当了国君，会怎么报答我呢？"在落难时得到楚成王厚待，重耳自然懂得感恩，他也明白楚成王不会在意普通礼物的回馈。于是，略作思考后回答："楚国是大国，像金银珠宝、珍禽异兽、美女财帛之类的，您自然都不缺。假如有一天晋楚之间不可避免发生战争，我一定会命令晋国军队先退避三舍。如果这样还不能得到您的原谅，我再与您交战。"果不其然，重耳回国做了国君，史称晋文公。十九年逃亡经历备尝艰辛，晋文公励精图治，全面改革，国力大增，在诸侯国间的影响力日益扩大，已具备了称霸的条件，只是没有遇到恰当的时机。而当时的霸主楚国继续扩张势力，意图吞并宋国后向北方扩大势力范围，而这与晋国势力南扩的计划正相冲突。如此，晋楚之间必有一战。

公元前633年，楚国攻打宋国，在楚军进逼到国都城下时，宋成公向晋国发出求救。因当年逃亡时宋襄公有恩于自己，而且现在也是展示晋国实力、成就霸业的时机，晋文公就找借口攻打与楚国交好的曹、卫两国，以达到迂回救宋的目的。晋国很快攻下卫、曹两国，逼跑卫成公，俘获曹共公，并占领了两国的土地。但楚国不顾两国失陷，继续猛攻宋国。这时，晋军中军主将先轸向晋文公献计，让宋国以土地、财帛贿赂齐国和秦国，请求它们出面调停楚、宋关系，然后再许诺把占领曹、卫的部分土地给宋国用作补偿。宋国照办。齐、秦接受了宋国请求，而楚国却拒绝了齐、秦两国的调停。齐、秦出兵助晋，这样楚国就陷入晋、齐、秦三国包夹的危险，只好从宋国撤兵。楚国令尹子玉咽不下这口气，坚持要与晋国打一仗。楚成王知道晋文公是有大志之人，奈何拗不过子玉，只好给他少量军队，让他见机行事。子玉率领楚军北上，要求晋文公恢复曹、卫两国国君的君位，并退还所占领的两国的土地。晋文公用计使曹、卫主动与楚国断绝关系，激怒了子玉。于是，子玉率领楚、陈、蔡诸国联军向晋国军队进逼。为兑现当年流亡时对楚成王的承诺，晋文公下令军队"退避三舍"。春秋前期，交战双方基本上遵守这样的战争规矩：战前一方向另一方下战书，约定交战时间、地点；双方列阵后，各自派出对应的兵车和士兵交战。若另一方对阵后主动退让或回避，撤退期间不能追袭。退避以三舍为限，即退让九十里。如果退避三舍后对方继续进逼，则意味着战争无法避免。当然，进逼方在道义上也会受谴责。公元前632年，晋文公率领晋、宋、齐、秦诸国联军退避到城濮（今山东鄄城西南），严阵以待楚军。而楚军见晋军不断后退，以为对方惧怕，就追赶得更起劲，追到城濮后，双方列阵准备开战。晋军分上、中、下三军，楚军按左、中、右三军部署。晋文公发现陈、蔡所在的楚右军力量较弱，就决定先攻右翼。晋下军给战马蒙上虎皮，趁敌军战马受惊冲乱阵型之际，一举攻破了楚右军。然后晋上军竖起两面大旗佯装后退，下军在战车后拖拽树枝扬起灰尘，两军配合制造仓皇逃跑假象。骄狂的子玉不察虚实，下令左军全力追击。待楚左军冒进之时，晋中军从侧翼向其攻击，断其退路，晋上军回头夹击。楚左军两面受敌，大部分被歼灭。子玉见左右两军先后溃败，急令中军退出战场。子玉在返回楚国途中自杀。此战晋军大胜楚军。战后，晋文公被周襄王策命为侯伯，一跃成为中原霸主，开启了晋国百年称霸的辉煌历史。

今天，在鄄城县临濮镇境内金堤西端，镇政府向东一公里处，靠近公路二十米的田野里立着一块石碑，上书"城濮之战遗址"。

2. 桂陵之战

孙膑妙策擒庞涓

菏泽市曹州牡丹园
东大门内北侧，在花海
绿树环绕之中，有一个
古朴的六柱亭子，亭中
立着的青石碑，碑上写
着"桂陵之战遗址"。

"桂陵之战遗址"碑亭

在它北面不远处，曹州牡丹园外，有座方形土丘，旁边立有碑
刻"芦堌堆遗址"。芦堌堆，原名桂陵。明万历年间一芦氏会
首募资在此建了庙宇，当地人就把这个堌堆改成现在这个名字
了。这真的是有些弃琼拾砾了！所幸史籍证明，两千多年前这
个地方曾发生过中国历史上著名的桂陵之战。这场战争，既让
人感受到当时诸侯争霸的云谲波诡，又充分展现了孙膑、庞涓
同门师兄弟智谋相斗的精彩博弈。

战国时期，桂陵的地貌并不是今天这样的大平原，而是连
绵不断的土岗丘陵。这里是从齐国都城临淄（今山东淄博）通
往魏国都城大梁（今河南开封）的必经之地。由此可以看出，
这里具有十分重要的军事战略意义。

战国前期，已为霸主的魏国在向周围扩张势力时遇到了与
之争雄的齐国，引发两国战争的直接导火索就是齐国的盟友赵
国进攻魏国的盟友卫国。周显王十五年（前354），接到赵国
进攻卫国的讯息，魏惠王随即派庞涓率军八万救卫，在击败赵

军后又乘胜包围了赵国都城邯郸（今河北邯郸）。赵国急忙向齐国求救。齐威王先是延缓发兵，坐山观虎斗。交战将近一年，都城眼看保不住，赵国就加急向齐国求援。齐威王看到时机已到，就任命田忌为大将，孙膑为军师，率八万大军去援救。

　　这里先交代一下，桂陵之战的主角分别是齐国的孙膑和魏国的庞涓，二人本是同门师兄弟。孙膑是孙武的后代，早年与庞涓同拜纵横家鬼谷子为师学兵法，后庞涓做了魏国大将，因妒忌孙膑才能，将他骗到魏国后设计陷害，孙膑被施以膑刑，即挖去膝盖骨。为了躲避杀身之祸，孙膑假装癫狂，甚至爬到猪圈里吃屎睡觉。这期间，齐国的使者来到魏国都城，孙膑听说后就偷偷去拜见，交谈一番后齐使者就把他藏在车里偷偷带回了齐国。齐国的将军田忌与孙膑交好，很赏识他，便把他推荐给了国君。这次齐国出兵，齐威王本欲拜孙膑为大将，但他坚辞不受，齐威王就委任他为军师。赵国向齐国求救，既给齐国攻打魏国提供了理由，也给孙膑复仇提供了机会。当田忌、孙膑率军到达齐、魏两国边境时，邯郸已被攻破。田忌本欲率领主力向邯郸进军，直接与魏军决战。但孙膑建议他进攻大梁，理由是魏军主力长期在外攻打赵国，国内防务空虚，留守都城的都是老弱之兵。现在带兵快速进攻大梁，魏军一定会放弃赵国而回师救援，这样既能解除赵国的危机又能坐等魏军的失误。田忌采纳了孙膑的计谋，率轻骑快速向大梁方向移动。在进军途中，为麻痹魏军，田忌又派军队进攻魏东部边境战略要镇平陵（今菏泽市牡丹区安陵集），一方面给庞涓造成齐军误判"平陵城小易攻"的假象，另一方面又能恐吓平陵的魏军不敢出城截断齐军的后路。与此同时，孙膑让田忌派出轻装战车加速奔袭魏国都城。正在邯郸的庞涓听闻齐军偷袭大梁，大惊失色，他知道大梁一旦失守，魏国东部的战略形势就会非常不利。于是，庞涓亲率主力昼夜兼程回救大梁，发誓要将齐军歼灭于大梁城郊。得知庞涓回师后，齐军又派出小股兵力与庞涓的部队交战，然后故意示弱败走，魏军则紧追不舍。而齐军主力早已在桂陵设下了埋伏。

桂陵沟壑纵横，林木茂密。针对魏军骄傲而又求胜心切的心理，孙膑充分利用有利地形，对伏击做了精心部署：伏击圈呈口袋形，三军各自为阵，军队分布中间少、两头多，前线作战与后备机动密切衔接。庞涓带领五千人马一头扎进孙膑的包围圈，来不及反应，四周就万箭齐发，进出口都被堵死，四周到处悬挂着旌旗，魏军以数十倍兵力优势把庞涓的军队死死围住。这场大战，魏军几乎全军覆没，主将庞涓被生擒。《孙膑兵法》首篇《擒庞涓》就记录了这场战争的过程。

千古名将，经典战例，永垂史册。在这场国家之间的兵力比拼兼昔日同窗智力对决的比赛中，孙膑用围魏救赵的办法纾解了赵国的危困，也创造了中国历史上逆向思维的有名战例，以至于被后来军事将领们奉为三十六计中的重要一计。

3. 官堌堆登基

刘邦建立汉王朝

在菏泽市定陶区仿山镇姜楼村南，有一个高约六米、面积

官堌堆遗址

约两千九百平方米的土堌堆，这就是有名的刘邦登基台，又称官堌堆，现为山东省重点文物保护单位。汉朝的都城不是在长安（今陕西西安）吗？为什么刘邦在定陶登基？这里面有一个曲折的故事。

公元前209年，刘邦在沛县丰邑聚起三千多子弟兵，响应陈胜、吴广起义，称"沛公"。与当时其他反秦的力量相比，刘邦这支队伍势单力薄。为生存必须向强者借势，反复权衡后刘邦投靠了反秦起义军首领项梁，并得其赏识。项梁的队伍在江苏、山东、河南一带接连打胜仗，借助于项梁的支持和帮助，刘邦的力量也迅速壮大。公元前208年，秦朝名将章邯率部在定陶夜袭项梁军队，项梁兵败被杀。此后，刘邦、项羽的统一阵线开始决裂，二人约定先入咸阳者为王，各自领兵攻秦。公元前207年，刘邦率先攻入咸阳，接受了秦王子婴的投降。不过，刘邦没有急于称王，而是实施一些惠民政策获得关中百姓的支持，同时静观项羽的举动。军事力量远强于刘邦的项羽自然不愿屈于他人之下，在击溃秦军主力引兵入关后，他试图通过鸿门宴杀掉刘邦。计谋失败后，项羽自称"西楚霸王"，封刘邦为汉王。但刘邦一直不甘偏安巴蜀之地，从未放弃与项羽争天下的念头。公元前 205 年春，项羽分封的齐国发生政变，刘邦探知楚军主力北上平叛，项羽的大本营彭城（今江苏徐州）防守空虚，就率领各路反项羽的联军不费吹灰之力攻占了彭城。项羽闻讯亲率骑兵疾驰南下回救。刘邦被项羽的快速回击打得措手不及，联军落荒而败，伤亡过半，连刘邦的父亲和老婆（吕雉）也成为俘虏。正当项羽将刘邦团团包围待歼之际，忽然大风突至，沙尘遮天蔽日，刘邦趁乱侥幸突围，一路仓皇向西北逃奔，辗转来到定陶戚家庄，幸遇戚老翁和他女儿戚姬出手搭救，将他藏身枯井，躲过楚兵追杀。刘邦感念救命之恩，也为戚姑娘的美貌、善良、智慧所折服，就与她结为夫妻，这就是历史上有名的戚夫人。彭城之战后，刘邦招贤纳士，不断扩充力量。他利用项羽刚愎自用、政治短视的弱点，慢慢对项羽蚕食合围。公元前 202 年，刘邦四十万大军把项羽团团围困在垓下，在四面楚歌中项羽自刎于乌江边，刘邦赢得了楚汉之争的最后胜利。打败项羽后，刘邦收回了韩信、彭越的兵权。韩信、彭越等人，一同上书，请求刘邦登基为皇。同年，刘邦在氾水的北面筑台（今官堌堆），举行了登基大典，定国号为"汉"。据《汉书》记载，汉王即皇帝位于　水之阳。

俗语云，飞鸟恋旧林，池鱼思故渊。对于刘邦为何选择在定陶登基，很多人不解。因为垓下之战后刘邦完全有条件直奔洛阳称帝，为何从垓下跑到定陶登基？了解古代历史的人都知道，定陶历史非常悠久，在春秋战国时期，定陶被称为"天下之中"，是中原地区的商贸中心，交通便利，人口稠密。西汉好几位皇子都被分封到这里。另外，刘邦曾多次在定陶一带征战，特别是彭城一战失败后逃到定陶遇到戚姬，自此刘邦的命运发生转变，因此他把定陶视为立国根基。

4. 黄巢点将

满城尽带黄金甲

古代，一些童谣、谶语、民谣的流传往往为封建王朝灭亡的前兆。如东汉末民间广为传唱一首歌谣："小民发如韭，剪复生……"其后就爆发了轰轰烈烈的黄巾军起义，腐朽黑暗的东汉王朝终于被埋入历史尘埃。据《旧唐书》《新唐书》记载，唐僖宗时期，王仙芝起义之前，山东境内也流传着一首童谣：金色虾蟆争努眼，翻却曹州天下反。果不其然，乾符二年（875），曹州就爆发了掀翻唐朝半壁江山的黄巢起义。从此，这个在中国历史上创造辉煌的王朝陷入风雨飘摇中，再无往日的荣光，苟延残喘至被埋进历史坟墓。

黄巢，曹州冤句（今山东曹县西北）人，祖辈皆以贩盐为生。黄家虽有不少钱财，但毕竟是做走私生意，社会地位不高。因此，黄巢努力读书，希望博取功名，改换门庭。余暇他习武骑射，再加上为人豪爽，在当地颇有一定知名度。但黄巢在科举上屡屡碰壁，连续三次考试均名落孙山。屡次打击让他心灰意冷，对现实的不满与日俱增。《不第后赋菊》就是他应试失败后以诗言志所作："待到秋来九月八，我花开后百花杀。冲天香阵透长安，满城尽带黄金甲。" 881 年，黄巢攻破长安后举行入城仪式，他身穿专门打造的黄金甲，乘坐金色肩舆，在身穿金色锦袍、手执兵器的将士的簇拥下,登基做了大齐皇帝,昔日梦想变成了现实。

位于菏泽城区的黄巢点将台见证了这段不平凡的历史。唐僖宗在位期间,连年冬春大旱无雨,夏秋阴雨绵绵,田地歉收,饥馑与瘟疫蔓延,大批百姓流离失所。与此同时,朝廷腐败无能,吏治黑暗,赋役繁重,因此各地群体反抗或暴动事件层出不穷。874年,濮州(治今山东鄄城北)私盐商贩王仙芝聚集数千人揭竿而起,很快攻克濮州、曹州。同年,黄巢与子侄八人在家乡聚集上千人与之呼应,带领人马向曹州城北方向与王仙芝的军队会合。行军途中不断有人加入,经过凤嘴堌堆(今黄巢点将台)时人数已增加了好几倍。于是,黄巢登上凤嘴堆进行起义动员,整肃队伍,将起义军组织系统化。这就是凤嘴 堆被称为黄巢点将台的来历。从举行起义到起义失败,在近十年南征北战中,黄巢五次登上点将台阅兵点将。第二次发生在876年夏。正在围攻蕲州的起义军首领王仙芝突然接受"招安",黄巢与他决裂,独自领兵北上,攻克郓州后被唐军围攻,被迫南下,经过曹州时第二次登上凤嘴堌堆阅兵点将。第三次是877年,黄巢、王仙芝联合攻打宋州(今河南商丘南),没有攻下。王仙芝撤回湖北境内,黄巢率军向南挺进时,遭遇唐朝张自勉军队,战败后先后向琅琊、考城撤退,后又向北占据了曹州。第四次是880年,黄巢军队渡淮河,分兵多路进攻洛阳时又经过曹州。第五次是884年,黄巢在长安称帝不到三年就被迫撤出长安,李克用的沙陀兵一路追击到曹州境内,黄巢在这里进行了最后一次点将布兵,随后又被追赶到泰山狼虎谷,

黄巢点将台

起义失败。后来，当地人就把凤嘴　堆改名为黄巢点将台了。

　　黄巢起义产生了巨大影响。他带领起义军纵横多地，跨越黄、淮河流域与长江流域，席卷大半个中国，持续十余年。黄巢起义对唐王朝的致命一击，也应了民谣那句"翻却曹州天下反"。

　　今天，黄巢点将台已被列为省级文物保护单位。

5. 宋江起义

一部《水浒》传天下

　　一部《水浒》传天下，郓州自古英雄多。中国四大名著之一《水浒传》，可以说是妇孺皆知，特别是主角宋江，那真的是无人不晓。虽然《水浒传》作为小说带有演义色彩，但宋江这个人不是杜撰出来的，而且真实的宋江比小说里的宋江更令人敬佩，是名副其实的英雄豪杰。

宋江，菏泽市郓城县水堡乡宋家村人。宋徽宗时期，朝政紊乱，皇帝昏聩无能，致使大权旁落奸佞，连年战争和赔偿给人民带来深重灾难。1117 年黄河决口造成百万人殒命，这时期旱灾、水灾、地震、瘟疫等接连不断，宋徽宗醉生梦死，朝廷无所作为，在百姓食不果腹、哀鸿遍野的情况下，繁重赋税有增无减，地方官吏借机横征暴敛。

郓城人自古尚武，特别是男子都喜欢舞刀弄枪。宋江本人也是习武之人，虽然个子不高，但身材强壮，一把朴刀耍起来虎虎生风，使人无法近身，远非《水浒传》刻画的不懂武术、动作笨拙、只会写写画画的黑胖子。宋江曾是郓城县押司，就是在县衙里处理文书。宋江为人性情豪放、仗义疏财，人送外号"及时雨"，就是说当朋友有困难时总能及时提供帮助。因此，他结交了不少江湖人士，像跟随他起事的三十六人，个个都是身手不凡、各有特长的江湖好汉。

官逼民反，宣和元年（1119），宋江等三十六人聚众水泊梁山起义。当时的梁山有"水泊梁山八百里"之称，周围湖水环绕，芦苇遍布。宋江等人占据水泊梁山后打出"替天行道"旗号，专干劫富济贫、惩强济弱的事，因而不仅吸引了众多江湖豪杰投奔，就连梁山附近的渔民、农民等底层社会受苦的人，也纷纷加入宋江的队伍。这样，起义队伍就迅速壮大。起初，周围官府派兵前来镇压时，以为宋江等人不过是打家劫舍的小贼，一经交战，黑矮的宋江拿着刀勇猛无敌，他身后的彪悍好汉个个拼命搏杀，即便后面那些拿着渔具和锄头、镰刀、柴刀等农具的人，与官兵搏斗时的勇猛也让人胆寒。官兵被打得落荒而逃，而宋江起义军的名声也越来越大。后来，宋江率起义军走下梁山，主动出击，先后攻打了青州、济州、濮州、郓州等地，奔袭活动从山东一直扩大到河北各地。每攻打下一个州县，宋江便命人开仓放粮，救济穷人。那些在生死线挣扎的穷苦人和被官府欺压盘剥到奄奄一息的人，无不欢欣鼓舞，起义队伍所到之处，队伍就如滚雪球样急遽扩大。

当时，方腊起义兴起，与宋军胶着于战事。亳州知府侯蒙上书宋徽宗：宋江以三十六人横行河朔、京东，官军数万无敢抗者，其才必过人。不若赦过招降，使讨方腊以自赎，或足以平东南之乱。看到这一折子，宋徽宗非常高兴，马上宣旨，任命侯蒙为东平知府，负责招降宋江。侯蒙还未到任就死了，未能实现他的救国计划。宋江起义军在青、齐、濮、单四州活动，朝廷派兵镇压。宋江想向南发展，顺汴水进攻淮阳，随后进发沂州。沂州知州蒋圆"修战守之备，以兵扼其冲"。宋江向蒋圆借道，蒋圆假意应允，却出其不意"督兵麋击"，大败起义军。宣和三年（1121）宋江起义军再次移军南下，进入淮南，成了"淮南盗"。起义军在沭阳遭袭击，损失惨重。接着又被海州知州张叔夜率兵伏击，宋江等人被围困，只得投降。《宋史·张叔夜传》详细地记载了这次军事行动。北宋名臣李若水还据此作诗《捕盗偶成》。后来，施耐庵根据这一史实和大量的民间传说故事，写成了脍炙人口的小说《水浒传》。其实，历史上的宋江和方腊根本就没有过交集，更不可能发生宋江起义军参与攻打方腊起义军之事。

如今，郓城县建立了占地数百亩的"水浒好汉城"，现为国家 AAAA 级旅游景区。"好汉城"依据"水浒一百单八将，七十二名在郓城"的传说，建设了七十二个景观和一百零八个景点，形象地再现了《水浒传》所描绘的景象，每天还定时表演《李逵坐衙》《王英娶亲》《智取生辰纲》等剧目。附近宋江武校的学生还现场表演"狗娃"系列的武术，那可是上过央视的节目。此外，还有古装戏、中式婚礼秀等表演内容。

6. 徐鸿儒起义

闻香教昙花一现

明朝末年，闻香教（白莲教的一支）领袖徐鸿儒带领教徒在巨（野）郓（城）边宣布起义，拉开了明末大起义的序幕。

徐鸿儒，巨野人，自幼入私塾读书，聪慧好学。先生开讲，他常触类旁通，文思泉涌。先生称其才志超人，日后必成大器。由于社会黑暗，徐鸿儒一直未能考取功名，他便开始追访名师，习练武功，几年工夫，已练出一身好拳脚。徐鸿儒弃文从武之后，行走江湖，广交武林朋友。万历年间，蓟州（治今天津市蓟州区）人王森创立闻香教，闻香教很快盛行于黄河南北。徐鸿儒见此教广受民众欢迎，便加入组织，并很快成为骨干人员，不久还升任山东的教主。他提出入教可"终身不穷"，等到弥勒佛王治世，就可以"混为平等"了，由是"信徒日众"，教徒不下二百万，有大小传头及会首遍布河北、山东、河南、山西、陕西、四川等地。王森死后，教会分为两支：一支以王森之子王好贤为首，在河北活动；一支以徐鸿儒为首，在山东活动。

万历末年，明军在辽东与后金的战争中连连失利，内地负担加重。而曹州及周围地区自然灾荒频发，居民生活不能保障。万历十五年（1587），郓城一带半年多滴雨未下，第二年灾民吃树皮草根，灾情波及周围的巨野、曹县等地，夫妻不能相顾，因饥饿和瘟疫而死的人不计其数。1592年发水灾，次年再次闹饥荒。1603年，大雨肆虐，房倒屋塌，街市道路上可行船。水后瘟疫再起，人死过半，盗贼猖獗。天启二年（1622），郓城发生地震，地裂泉涌。闻香教决定中秋"十方同起"，纠集各地教徒造反。徐鸿儒派教徒四处联络，积极为起义做准备。谁知，筹划起义的事败露，巨野、藤县、郓城一带的骨干分子近百人被捕。徐鸿儒决定提前起义。这日，徐鸿儒借天然异象，聚集教徒在徐家庄竖旗招兵，妄冀大物，正式宣布起义。不到十日，占领了位于郓城、巨野交界处的梁家楼，徐鸿儒自号"中兴福烈帝"。当地农民多携持妇子，牵牛驾车，裹粮囊饭，争趋赴之。郓城县慌忙派人前往镇压，因起义军势甚凶，官兵不敢向进。三日后，起义军攻郓城，郓城知县余子翼只身仓皇逃跑。起义军很快又占领了峄县、滕县、邹县等地，所到之处开仓放粮。随后，起义军兵围曲阜、兖州，阻截漕运，队伍迅速发展到几十万人，控制了山东境内运河两岸的广大地区。朝廷惊呼，此地一坏，国家进退之路已穷，急派军队前往镇压。徐鸿儒采取灵活的战术，多次重创明军。在进攻邹县时杀死了明游击将军张榜，掠漕船四十余只。起义军远征进攻沂州、沛县、日照和郯城等地，守城官军闭门不出。山东巡抚赵彦奏请休息在家的大同总兵沂州卫人杨肇基为山东总兵，招募兵丁，汇集乡勇，网罗各地官兵镇压起义军。徐鸿儒进攻兖州失利，退守邹县、滕县、郓城、巨野一带。明军兵分二路：一路由巡抚赵彦、都司杨国栋领兵，先后攻取了郓城、巨野、峄县、滕县等地；另一路由杨肇基带领，攻打邹县，解围曲阜等地。起义军历二十余战后，全线溃败，仅据守邹县这座孤城负隅顽抗。杨肇基令人筑栅围城，并对起义军分化瓦解。三个月后，城内粮尽，再加上叛徒出卖，徐鸿儒战死，起义失败。徐鸿儒起义拉开了明末农民起义的序幕，对曹州的影响非常大。明崇祯甲戌七年（1634）编修的《郓城县志·重修郓城县志叙》云："自壬戌莲妖首难，受祸独惨，而户口之残者十二三，藏蓄之耗者十六七。迄今十年来，元气未渡，疮痍未起，流离啸聚，所在而是，盖从有郓来一大厄运也。"

在郓城武安镇飞集村西南有一座方圆五丈、高达数米的土埚堆，当地人称之为"万人埚堆义军公墓"。据《郓城县志》载，此乃当年明军杀死的部分起义军将士的公墓，现为山东省省级文物保护单位。

7. 捻军曹州大捷

亲王僧格林沁毙命菏泽

清末民初，山东曹州一带流传着一句顺口溜："张皮绠，真的强，麦稞地里杀僧王。"僧王指的是清朝亲王僧格林沁，他在曹州追剿捻军时被十六岁的捻童张皮绠杀死在麦田里。

太平天国时期，1853 至 1868 长达十五年的时间里，长江以北苏、鲁、豫、皖部分地区活跃着一支反清农民武装，捻军。捻军活动分散，平时与百姓无异，遇到荒年就结队行动，少则几人、几十人，多则二三百人。他们依照农村迎神赛会上的灯捻子，形象地将每一股人马称为"一捻子"。捻军逐渐联合起来，与地方团练不断发生武装冲突。咸丰七年（1857）春，捻军接受太平天国的领导，在淮南、淮北战场参加了与清军的战斗，于是成为清政府重点围剿的对象，时任御前大臣僧格林沁就是追剿捻军的主帅。

同治四年（1865），僧格林沁率部追剿太平军旧将赖文光、张宗禹所率领的捻军。捻军行踪不定、飘忽无常，与僧格林沁手下的清军进行周旋。捻军从河南进入山东，再进入江苏，后又返回到山东境内。清军昼夜追击，却始终被捻军牵着鼻子走。清军日行百里，一路疲惫不堪，僧格林沁自己也累得双手无力控制马缰。即使稍微休息一会儿，士兵来不及吃完饭就被催促出发。对于行动稍微迟缓些的将士，僧格林沁常常恶语相加。清军追至曹州西南的解元集时，与小股捻军相遇交战，捻军一触即溃，僧格林沁带领骑兵紧追不舍。第二天上午在葭密寨又遇到一股捻军，与清军交手后向北溃逃。根据这两次与捻军交战，僧格林沁认为敌人没有多少战斗力。他又探知有大量捻军驻扎在黄河岸边的高楼寨，时刻准备窜逃，现在正是消灭他们的好时机。僧格林沁身边只有几千骑兵，两万步军和五百个配有来复枪的"红孩儿兵"落在了后面。傲慢而又求胜心切的僧格林沁等不及后面的队伍，次日凌晨便率领骑兵向高楼寨杀了过去。他万万没有想到，这竟是捻军布的一个局。先前两股捻军溃败正是为了引诱僧格林沁孤军深入。清军骑兵一路急行四十多里路，到高楼寨已是中午时分，清军进入了以逸待劳的捻军包围圈。捻军首领一声令下，枪炮齐发，清军被打个措手不及。僧格林沁赶忙组织清军分三路抵抗，奈何捻军占据地理优势，再加上当地大刀会、长枪会、洪拳会等反清组织从四面八方蜂拥杀出，把清军冲得七零八落。瞬间清军三路队伍完全失去联系，骑兵自相践踏，死伤无数。战斗持续到天黑，人马俱疲的清军左冲右突始终逃不出去。僧格林沁只得退守到高楼寨南面的郝胡同村，解鞍下马，郁闷中饮酒解愁。他的将官建议趁夜色掩护突围，但狂傲的僧格林沁坚持认为援军会来，随口回答"不怕"。此时的捻军则绕着村庄挖深沟，要彻底困死清军。在内无粮草、外无救援、饥渴交加的情况下，众将士再次跪求突围。僧格林沁担心军队哗变，决定子时突围。上马前，僧格林沁又饮了一碗酒，然后率领部下冲出捻军营垒。由于不熟地形，加上夜黑看不清路，清军队伍很快被打散。僧格林沁边战边逃，拼死冲出包围圈跑了十余里后，到了附近吴家店，回头一看，随从所剩无几，捻军在后面还紧追不舍。僧格林沁勒紧缰绳跳跃面前一道壕沟，由于战马疲惫且带有刀伤，跃过沟沿时趔趄了一下，僧格林沁从马上坠落下来，受惊的马自顾跑了。僧格林沁忍痛爬起来继续向南逃。由于多处负伤，实在跑不动了，就躲藏到麦田深处。这时，捻军陆续追赶上来，四处搜寻。一个叫张皮绠的捻童，发现前方不远处麦田猫着一个人，他蹑手蹑脚靠过去，看到一个穿着黄马褂的清军将领趴在那儿。张皮绠从后面一跃而起，用刀劈向他的脖颈儿，随着惊呼声，附近的捻军也赶了过来，对着这个已经没有气息的清军将领又补了几枪。张皮绠扒下他的衣帽穿在自己身上——这时他还不知道死在自己刀下的居然是大名鼎鼎的剿捻主帅、亲王僧格林沁！过后，清军在吴家店麦地里找到了僧格林沁的尸体，受伤八处：颈项伤痕七处，其中三处刀伤，四处矛伤；另外右肩矛伤一处。僧格林沁死讯传到朝廷以后引起京师震惊，张皮绠这才知道自己误打误撞杀死了清朝第一猛将。

这次捻军曹州大捷意义非凡，在消灭僧格林沁的同时，捻军还围剿了他的主力部队，共歼灭清精锐步骑一万余人，缴获大量武器、战马。此战后，慈禧感慨道：僧格林沁在，大清国在；僧格林沁亡，大清国亡。此后，清政府失去了"中央军"，不得不依赖于湘、淮军等地方武装，这为清王朝加速灭亡、军阀割据埋下了隐患。

8. 巨野教案

德国侵占山东的导火索

鸦片战争爆发后，西方列强凭借坚船利炮轰开中国大门，由此开始对中华民族的经济掠夺、文化侵略。腐败无能的清政府对洋人卑躬屈膝，对百姓则是一副凶残嘴脸。而不甘受辱的中国人民自发组织起来与列强斗争，在一些地方与洋人爆发了直接的武装冲突，发生于光绪二十三年（1897）的巨野教案就是一个典型例子。

光绪十六年（1890），德国夺得了在山东的传教权，开始在各地进行以侵占山东半岛为目的的传教活动。为发展教会势力，巨野县磨盘张家庄教堂的德国天主教神父薛田资霸占民田民舍，唆使教徒欺压百姓，激起当地民众极大仇恨。此时，曹州一带以诛锄西教为本旨的民间组织大刀会也在秘密活动中。1897年11月1日夜，巨野大刀会首领刘德润、奚老五等人带领大刀会会员及群众，手持匕首、短刀和红缨枪闯进了磨盘张家庄教堂，他们直奔薛田资住的房间，砸门时室内忽然有人开了枪，刘德润、奚老五等人砸开窗子冲进去，摸黑杀死了两个人。等点着灯才发现杀死的是两个陌生的传教士，而不是薛田资。杀的是德国传教士能方济和韩理，他们本来分别在阳谷和郓城一带传教，因到兖州的天主教堂参加"诸圣瞻礼"，途径巨野时天色已晚，就住在了张家庄教堂。薛田资把自己的住房让给了两个客人，自己则到大门旁边的耳房睡觉。刘、奚等人砸门时，薛田资趁机逃走了，他连夜跑到县衙告官，第二天又逃到济宁，将此事电告德国驻华大使，大使立即转告德国政府。清廷闻讯大惊，即刻派臬司毓贤和兖沂曹济道锡良前往巨野督办案件。事发后，为首的刘德润带领全家逃到了附近梁山县偏僻的村庄隐居下来，奚老五等其他人员则远走他乡。为了交差，清政府就抓了一批无辜群众，有九人被处以刑罚，其中两人被处死。

巨野教案发生后，觊觎中国已久的威廉二世欣喜地表示，终究等到了期待已久的理由，他决定立刻动手。同月，德国政府派远东舰队开进胶州湾。次年，总理衙门大臣李鸿章与德驻华公使海靖在北京签订了丧权辱国的中德《胶澳租界条约》，德国强占了胶州湾，并把山东作为势力范围，拥有传教、开矿、筑路等特权，以法律形式保护德国天主教在各地的活动。巨野教案还牵涉多名官员，山东巡抚李秉衡、兖沂曹济道锡良、曹州镇台万德力、巨野知县许廷瑞等近十名地方官遭到惩办，其中李秉衡和许廷瑞被革职，永不录用。德国还强行在巨野、曹州、济宁三处各建教堂一座，在巨野、单县、郓城等七处各建传教士住房一所，由中国政府偿付两万四千两白银作为建筑费用。

巨野教案发生后，帝国主义列强纷纷效仿德国，加快了瓜分中国的步伐。但不屈不挠的中国人民，表现出了更加强烈的民族气概，反洋教侵略斗争不断壮大，最终零散的反洋教斗争发展成为震撼世界的反对瓜分中国的义和团运动。

现在，在巨野县麒麟镇磨盘尚有巨野教案遗址，属于省级重点文物保护单位。由于历史原因，原来的磨盘张家庄教堂在1967年被拆除，只剩下椅子、大床和教堂的门窗，还有一眼水井。

二

人物春秋

在菏泽这片古老的土地上，出现过许许多多的历史文化名人，留下了不胜枚举的故事传说。如果把菏泽比作一个大玉盘，那星星点点的名人故事便犹如散落在玉盘上大小不一的珍珠。

本章选取了上千年间二十余位杰出的"菏泽人"，围绕爱国、为民的文化内核，生动形象地讲述了他们的生前身后事。在寻踪怀思中，我们与读者一道踏上蜿蜒曲折、扑朔迷离的历史小径，推开厚重庄严、油漆斑驳的历史大门，剥去重重历史面纱，带着时代之问，担起人民之问，步步靠近那早已逝去的悠远沧桑。

一个个人物故事承载起馥郁千年的片片心香，在温润广大民众之际，从历史中"走出来"，在旅游中"活起来"，形成"游菏泽·读历史"的新名片。

（一）贤良方正

1. 宓子贱与巫马施

单父宰不钓"阳桥鱼"

任何一个流传广泛的民间传说都不会是空穴来风。"阳桥鱼"的传说也是如此。要说"阳桥鱼"，不得不提宓子贱治理单父。

宓子贱，孔子弟子，因有贤名，被派往单父接替巫马施担任县宰。上任前，宓子贱特意从城里跑到乡下，去拜访老朋友阳昼。宓子贱说："老朋友，我就要到单父上任了，今天专程来向你请教，想听听你的治理妙言。"阳昼说："你知道，我从小就是一个地位低下的人，既没从过政，也不曾治过民，更不懂如何方能成为受百姓欢迎的县令。不过，我倒有一点钓鱼的心得，不妨讲给你听听。"宓子贱一头雾水，不知道钓鱼和治国有什么关系，可还是恭恭敬敬地请阳昼翔实告知。阳昼说："在我们这边的河流里，你安好钓饵，理顺钓线，挥动钓竿，甩到河流中，浮漂很快就抖动起来，你甚至能看到很多的鱼游过来吞食。这种急急忙忙围着钓饵转的鱼，老乡们管它叫阳桥鱼。这种鱼，肉薄，味道不佳，连猫都不吃。但是，同在这边的河流里，还有一种鱼，说它有，又像是没有，说它没有，其实那是有的，它好像在吞食你的鱼饵，又似乎不在意你的鱼饵。老乡们管它叫鲂鱼。这种鱼，体大，肉多，味美，鲜嫩，却不易得手。要有足够的诚心和耐心才能钓到。"听到这里，宓子贱说，我明白了，我记下了。

辞别了阳昼，宓子贱便登车启程。尚未抵达单父，宓子贱远远就看见一群穿着官服，坐着车子，赶来迎接他的官吏。众人见宓子贱的车来了，立刻满面堆笑，簇拥上前，正欲问候拜见。早有心理准备的宓子贱对车夫说："快赶车，快赶车！赶紧躲开这些人，他们就是阳昼说的'阳桥鱼'！"车夫快马加鞭，如一阵旋风般从众人面前一闪而过。

等到了单父城，接风洗尘的、端茶倒水的、打恭作揖的、请安问好的更是络绎不绝。宓子贱看也不看这些天天在眼前晃悠的人，反而主动接近那些不显山不露水的人，虚心向他们请教，并委以重任。手下人很疑惑，就问为什么。宓子贱说："巴结人的人一定没什么真本事，他们就是阳昼所说的'阳桥鱼'；而那些不巴结人的人往往是有真才实学、能干事的人，他们就是阳昼所说的'鲂鱼'。"宓子贱选贤任能，礼贤下士，使得单父政通人和，百姓安居乐业，传出了"鸣琴而治"的美谈。相比之下，他的前任儒家同门巫马施，治理单父时就异常辛苦，每天天还没亮就出门办公，晚上直到星星遍布才回来，连个节假日都没有。有一天，巫马施听说，宓子贱每天坐在那弹弹琴听听曲，不费什么劲儿，就把单父管理得很好。于是巫马施前往宓子贱府上向他请教。巫马施表明来意后，宓子贱微微一笑，说："我哪有什么治理诀窍啊！你听一听'阳桥鱼'的故事吧！"

二贤祠

　　人生路上"阳桥鱼"常有，我们识别"阳桥鱼"也并不太难。难的是时刻保持宓子贱"车快走"的态度，摆脱"阳桥鱼"想方设法套近乎、拉关系、送钱物等温水煮青蛙式的围猎。

　　为纪念宓子贱、巫马施，后人修建了二贤祠。

2. 廉吏杨震

昌邑城"四知"拒金

　　"三年清知府，十万雪花银。"这是我国封建社会官场的真实写照。但世上也有一些一身正气、不为金钱所动的官员，东汉时期，以"清白传家"的杨震就是典型代表。

　　杨震，字伯起，出身名门的东汉大儒，门生官吏满天下。在物欲横流的东汉，杨震严格要求自己，从不谋私利，他"暮夜却金"的"四知"故事更是为人津津乐道。

一年，杨震从荆州赴任东莱郡太守，途中经过昌邑县。昌邑县令正巧是他荆州刺史任上举荐的一位茂才，名叫王密。若不是杨震当年提携，王密或许依然是一介布衣。王密一直记得杨震的知遇之恩，总想找个机会表达一下谢意，现在机会就摆在眼前。王密甭提多高兴了，急急忙忙前来拜见杨震。但王密知道杨震不喜欢官场上你来我往的应酬，也就没敢大摆筵席为恩师接风洗尘，只是按朝廷规定，把杨震安排在县驿馆留宿。杨震他乡遇故知，自然感到格外亲切。二人两碟小菜、一壶小酒，边喝边聊，畅谈甚欢，不知不觉已是夜深人静时分。

王密见天色不早，欲起身告别之际，神色诡谲地向屋门外张望片刻，突然关上了门。杨震正欲责问，王密已从携带的布袋中取出十斤黄金悄悄地放到桌上。说道："恩师难得路过此地，学生备了些小礼，以报答栽培之恩。"杨震虽然不快，却没有发火，语重心长地对王密说："我当年举荐你，是因为你是个贤能之士，希望你做一个廉洁奉公的好官。你这样做，岂不是违背我的初衷和对你的厚望？你对我最好的回报是为国效力，而不是送我什么东西。"王密回道："您是我的恩师，我应当报答你，再说，现在深更半夜，黑灯瞎火的不会有人知道的，您就放心吧。"王密以为，经过这一番解释，杨震会消除顾虑。怎料杨震非但没有被说服，反而脸色一变，义正词严地说道："你顶天而来，天知道；踏地而来，地知道；携金而来，你知道；赠金与我，我知道。既然天知，地知，你知，我知，怎么

50

是无人知晓。你
真的好糊涂，快
快拿走吧！"这
一番振聋发聩的
回答，让王密羞
愧难当，灰溜溜

昌邑古城遗址

地打道回府了。杨震望着王密远去的背影，感叹道："天知，
地知，你知，我知，你要改之啊！"

　　以史为镜，可以知兴替；以人为镜，可以明得失。世上不
乏贪官，也不乏清官。今天我们站在天地间，凝望浩瀚星空，
一千多年前的杨震无疑是一面镜子。手中有权之人多照照历史
这面镜子，可以时刻警醒自己，不计得失，明辨是非。

3.董昭献计

挟天子以令诸侯

　　在漫长的历史长河中，有许多著名的政治典故，其中最脍
炙人口的莫过于"挟天子以令诸侯"。提起这个典故，人们就
会想起曹操，想起荀彧、程昱，甚至毛玠，很少人知道董昭。

　　196年，几经周折，汉献帝勉强回到洛阳，但洛阳早被董
卓一把火烧毁，行宫已经没有了，献帝无家可归，凄惨潦倒。
汉献帝想让各路诸侯帮帮忙，但没人响应。曹操心想机会来了，
献帝可是个牵线木偶，利用皇帝的旗号给自己撑台，绝对提升
政治优势。曹操立刻亲派一队人马到洛阳去觐见汉献帝，没想

51

却遭到袁术、董承的阻挠。这可怎么办？此时，我们的董昭出场了。

董昭，字公仁，济阴定陶人。他建议曹操先向献帝进贡食品和器物，让汉献帝知道有曹操这么一号人物，混个耳熟。据文献记载，献帝在洛阳时，曹操曾向他进献过绛帐两顶、丝线十斤，山阳郡所产的甜梨两箱等。董昭又以曹操之名，给洛阳的杨奉写了一封信。信中先将杨奉的"丰功伟业"夸赞了一番，然后自陈愿意做其外援，内外联合，治理朝政，天下无敌。杨奉接到信后十分喜悦，对各位将军说："曹操的军队驻扎许县，近在眼前，他们要兵有兵，要粮有粮，国家应当依靠仰仗他们。"曹操心知，进入洛阳才有迎接皇帝的可能性，离奉迎天子的策略才近一步。

曹操一进洛阳，便召见董昭。曹操开门见山地问："先生，我接下来应该怎么办？"董昭答："目前京城众将拥兵自重，目无朝廷，留在洛阳，多有不便，当务之急是想方设法把皇帝从洛阳接到许县，我希望将军慎重考虑。"曹操何尝不想把皇帝接到自己的"根据地"。曹操又问："依先生之见，如何迎出圣驾？"董昭答道："您就说洛阳无粮，暂请皇帝移驾到洛阳附近的鲁阳，只要出了洛阳，想去哪里，还不全在于您？"曹操心想：杨奉等人又不是木头，不会轻易同意把皇帝接走。董昭又说："杨奉勇而无谋，鲁阳虽离许县很近，但毕竟是他杨奉的地盘，肯定不会生疑。只要车驾开始行进，等他回过味来，皇帝早已到了许县。"曹操说："此计甚妙。"196 年，曹操迎汉献帝移驾于许县，在此为献帝建造宫殿，把东汉国都从洛阳迁到了许县，并改许县为许都。

董昭巧妙实施"挟天子以令诸侯"的妙策，协助曹操挟持汉献帝，将其变为手中的政治傀儡。曹操借机占领舆论制高点，收买天下人心，招揽天下英才，为称霸天下打下了基础。

4. 刘晏理财

买饼充饥路边摊

"唐刘晏，方七岁，举神童，……"人们熟知的刘晏是历史上著名的神童，其实比神童更了不起的，是他作为著名理财专家维系了日益衰落的大唐帝国的经济运转。

刘晏，字士安，曹州南华（今山东菏泽西北）人，善于管理经济，尤其对数字有着惊人的记忆。据记载，刘晏掌管天下钱粮时，各省钱粮数据他都了如指掌。当时州府官吏向中央汇报工作时，时常被刘晏问得哑口无言，官吏对刘晏那是又敬又怕。可就这么一位掌管国家钱粮命脉的中央大员，不仅天天操劳国计民生的经济账，还常常合计个人的生活账。

一年元宵节，皇帝照例要在皇宫接受文武百官的朝贺。天刚蒙蒙亮，刘晏搓着冻得通红的双手，坐车前去朝贺。在寒冷的街道上，刘晏闻到一股饼香，肚子咕噜咕噜直叫，不禁说道："好香，好香。"原来大街上一家家的店铺早就开门营业，香味从一家胡饼店飘出来。车夫说："大人，这是西域的一种胡饼，可好吃了。"刘晏说："咱们买些胡饼充饥，再去上朝。"车夫便把马车停在一家豪华的店铺前。刘晏一看这店铺的牌面，问道："这家店是不是很贵呀？"车夫说："大人，您是朝廷大员，平时节俭，如今吃块饼果腹，算不上奢侈吧。再说这家店的饼最地道。"刘晏说："那好吧！你去看看，别买那么多，够我们两人吃就行。"片刻，车夫拎着刚刚出炉的饼就回来了。真是人还未到，一种混合麦香、肉香、酥油香，夹杂着椒香和豆豉香的味道扑面而来。热腾腾、香喷喷的烤饼馋得人直流口水。刘晏真想一口吃了，可饼烫得不能用手直接拿。没办法，刘晏只好用衣袖包起来吃，又问："这烧饼真好吃，是怎么做的？"车夫说："胡饼做法相当讲究，要用上好的羊肉剔骨去筋，切碎后一层层均匀铺在和好的麦粉当中，在隔层中夹放好椒和豆豉，用酥油浇灌整个大饼，然后放入火炉中烤，烤熟就可取出来吃了。"刘晏吃得满嘴沾着饼渣，边吃边念叨："真香，真香！"

几个要去上朝的官员刚好从此处经过，他们看到这位掌管天下钱财的朝廷大员用袍袖遮着脸吃大饼，小声嘀咕："刘大人身为国家重臣，怎么搞得像个没见过世面的乡巴佬，路边吃饼，太丢人了！"车夫听到讥讽后，很生气。刘晏却笑呵呵地说："我站在路边吃块饼，才能真实体验百姓生活，切实体察民意。我们能吃上大饼不错了，很多百姓还饿着肚子呢！这样我们才明白钱财来之不易，才能把每一分钱都用在刀刃上。"

心系百姓，富国安邦。正是刘晏提出"因民所急而税之，则国用足"的理财措施，最终扭转了中唐时期捉襟见肘的国家财政形势。千古真理啊！

5."剑客"张咏

挥剑寒光枣树断

提起赵宋王朝，这个与士大夫共治天下的时代涌现出许多名士贤臣，如欧阳修、王安石、司马光等，他们如群星闪耀在历史长空，张咏也是其中一位。说起张咏这个名字，可能多数人感到陌生，如果问你中国最早的纸币——"交子"是谁发明的，估计大家会想到被称为"纸币之父"的张咏。当然张咏还有很多传奇故事，如戏言一日一钱，千日千钱，绳锯木断，水滴石穿，以霹雳手段斩杀库吏的故事，不过最为传奇的当属他"挥剑斩树"的故事。

张咏，字复之，濮州鄄城人。生于武术之乡的张咏，自小就有一个仗剑走天涯的江湖梦。后来行走江湖，竟然美梦成真了。

少年张咏苦练剑术，剑法出神入化，素有人以"剑圣"称之。据说张咏随身携带一把短剑，藏在衣袖间。有一次，张咏骑着一头毛驴，美滋滋地走在从濮水回家的田野小路上。快到村口时，突然远处有人喊："复之兄，复之兄。"张咏一看是几位好久不见的朋友，赶紧作揖还礼，"快驴"相迎。一位好友说："刚才看你神采飞扬，是不是学到什么新的剑术了？"张咏笑答："不是我说大话，今后两河间无人能敌。"有人说道："不谈这个了，咱哥们好久没聚了，走，咱们找个小店，去喝上几杯。"一群人就这样说笑着进了村子。张咏和朋友们谈理想，聊人生，好不快活。不大会儿，酒过三巡，菜过五味，大家喝得都有点儿高，不自觉地就吹起牛来。一朋友说："复之兄，听闻你练就了一手好剑法，号称'手起剑落'。今天喝得痛快，还不给大家助助兴，给哥几个开开眼。"张咏借着酒劲，来了兴致。只见他起身走到一棵手腕粗的枣树树旁，探手入袖，抽出那柄短剑，说时迟那时快，寒光一闪，枣树被拦腰斩断，再看张咏，手中空无一物。众人惊叹，大为折服。这个故事被记录在宋代何薳的笔记《春渚纪闻》里。

后人评价张咏，说他是励志的楷模。张咏喜欢读书，那时他家里也没有什么书，就借书抄下来读，没桌椅板凳，就靠在树上读，一篇文章没读完，绝不进屋休息。十年磨一剑，张咏苦心求学，最终考中进士。

张咏不仅剑术无敌，且学识渊博，才气过人。说他是一个文人，是因为他考进士当了文官。说他是个官员吧，又不太像，别人君子动口不动手，他倒好，上来也不动手，而是直接动剑，反倒像是一位快意恩仇、豪气冲天的江湖侠客。

6.儿科医圣钱乙

一味黄土救皇子

中医博大精深，奥妙无穷。其中，有很多我们想不到的中药，比如"黄土"，竟然也是一味中药。尤其在宋代儿科名医钱乙手中，有神奇药效。

钱乙，郓州（治今山东东平）人，自幼跟随姑父行医。他的姑父发现，每当看到生病的小孩，钱乙都会表现出非常难过的神情。姑父认为他有仁爱之心，定能成为良医，于是决定将医术倾囊相授。他语重心长地对钱乙说："如果你对治小儿病感兴趣，就潜心研之。不过，医家有句话叫'宁治十妇人，不治一小人'。"钱乙非但没退缩，反而夜以继日苦读医术，勇于实践，终成一代名医。

宋神宗元丰年间，钱乙到京城开封行医，治好了不少儿科疑难杂症，声名鹊起。一次，宋神宗的姐姐的孩子病了，请了不少名医诊治，都无法根治。府上有人推荐了钱乙。钱乙诊断一番后，不紧不慢地说："长公主请放心，小孩就是发疹子，疹子发出来就好了。"之后又经复诊，用了一些药，病就好了。

没过几天，一位皇子突然生病，遍请宫中太医、京城名医，非但未好转，反而病情渐重，后来还有了抽搐的症状。皇帝急得像热锅上的蚂蚁，指着一群太医的鼻子大骂："一群废物，养着你们有什么用？"这时，长公主突然想起钱乙，赶紧对神宗说："郎中钱乙，治疗小儿病很拿手，老百姓传得可神了。"皇帝一听，急忙说："赶紧派人把钱乙请来呀！"于是，钱乙被召进宫内。

钱乙进了皇宫，宋神宗见此人身材瘦小、貌不出众，没一丝大家风范，心里不免有些失望。但人来都来了，还是瞧瞧他的医术高低吧。钱乙来到皇子病榻前，诊视一番后，长长地出了口气，起身退出，要过纸笔，写了一帖"黄土汤"的药方。皇帝接过药方，一看上面有一味药竟是黄土，不禁勃然大怒："庸医，真是太放肆了！竟然拿黄土入药。来人啊，把这个乡下土郎中给我拉出去！"一旁的太医听了也把头摇得像个拨浪鼓，心想：怎么能用黄土这种污秽之物蒙蔽圣上，给皇子治病，岂不有辱皇家脸面？钱乙从容不迫地答道："陛下别急，据我诊断，皇子的病在肾，肾属北方之水，按中医五行原理，土能克水，以土制水，水平风息，所以此症当用黄土。"宋神宗见他胸有成竹的样子，心中疑惑去了几分。这时皇子又开始抽搐，长公主在一旁催促道："钱乙享誉京城，他的药方很灵验，皇上别担心。"于是，皇帝命人从炉灶中取下一块烧过很久的黄土，用布包上放入药中一起煎。皇子服下一剂后，抽搐渐缓，服用数剂后，居然奇迹般痊愈了。神宗大喜，赐以紫金，并提他为太医丞。这在当时是莫大的荣誉。

钱乙名扬天下，上至皇室、官宦之家，下至庶民百姓，都争相请他诊治，自此忙得没有空闲之日。时至今日，郓城人还常用"钱乙秘方"来为人治病。

7.铁面伲钟

押送儿子进牢狱

在郓城县随官屯镇伲楼村，有一栋明代四合院式古建筑。院落布局严谨、形制规整，其内雕梁画栋、纹兽齐全，虽简约朴实，却庄严肃穆。这是明孝宗年间的股肱重臣伲钟的纪念祠堂。

一年春，万物复苏，举目四望，乡野花开点点。一支为躲避战乱的伲氏族人，来到郓城这片空旷田野建村落户，开荒种地，繁衍生息，后来这里成为伲姓的主要聚居地。明正统四年

（1439），一个婴儿降临于侣楼村。这小孩眉宇阔大，哭声如钟，长辈们就为其取名"钟"。在古代，黄钟大吕常作为国家重器藏于庙堂，自然不是瓦缶草芥可

侣楼侣公家祠

比，以其为名，蕴含着对他美好前程的祝愿。侣钟入私塾后，先生见他是可造之才，替他取字为"大器"。谁料想，日后竟真成大器。

弘治年间，侣钟上任户部尚书，掌管天下钱粮。他发现国家岁收时常因减免赋税而减少，开支却因事情增多而日增，财政赤字问题日趋突出。侣钟首先稽查户部账目，账目显示官员营私舞弊、坐吃山空，户部早已成了"空架子"。挽救财政危机迫在眉睫。侣钟屡屡上奏，力请压减开支，肃整税务。宦官刘瑾洞悉了侣钟奏疏的背后深意，依仗权势，干预朝政，立刻联合张皇后弟弟张鹤龄，压下侣钟的奏疏。侣钟一再催促，皇帝却迟不签发圣旨。侣钟奏请弹劾不但未收到成效，反而得罪了权贵。

为报复侣钟，东厂开始到处搜查侣钟违法乱纪的罪证，却因侣钟一身正气、两袖清风而无缝可钻。老辣的宦官刘瑾又从侣钟的家人查起。侣钟素来对子女严加教育，他万没想到儿子侣瑞居然瞒着自己在外结交朝廷官员，还依仗他的权势收受官员贿赂。侣瑞自认为做得隐秘，可他哪里知道东厂的手段，很快便被东厂爪牙探查得一清二楚。刘瑾故意隐瞒不报，而后又

虚张声势地将消息透露给那帮自命清流的言官，借此弹劾加害倡钟。倡钟听闻此事勃然大怒，含泪指着儿子骂道："你这个不争气的东西，我倡氏一门清誉，全毁在你手，让我如何面对列祖列宗，我没有你这样的儿子。"为应对汹汹舆情，倡钟莅事明决，不徇私情，果断将儿子押送三法司治罪，并宣称倡瑞活非倡氏子，死不能入倡氏墓。

古人云：在官惟明，莅事惟平，立身惟清。始建于明代的倡楼倡公家祠，历经百年风雨而不倒，倡钟的精神也为人们久久传颂。时至今日，倡钟依然是一面照亮人心的明镜。

8. 马新贻遇害

惊天动地"刺马案"

有人的地方就有是非，有是非的地方就会有故事。在菏泽市都司镇有个西马垓村，这是个居住着三千五百多人的村子，村里曾出过一位大人物。在他的身上发生过一桩扑朔迷离、轰动全国的惊天奇案，那就是被称为晚清四大奇案之首的"张文祥刺马案"。

马新贻生于官宦之家，从小办事能力就强，行事果断，考中进士后，被下放到地方任职，后深得清廷赏识，成了清廷平定太平天国起义后控制江南的朝廷重臣。同治九年（1870），清政府权衡再三，决定升任马新贻为两江总督。上任伊始，在枪林弹雨里冲杀多年的马新贻，以雷霆手段整治当地治安，一些滞留在两江地区的散兵游勇时常因不法行为受到惩戒。马新贻的新政受到当地百姓欢迎，但是对于盘踞于此多年的湘军势力来说，却如同一种挑衅。一场风起云涌的政治较量开始了，且愈演愈烈。

同年，马新贻按惯例到校场检阅将士的弓马武艺。马新贻看了三个时辰的武员骑射，对开展的军队整治非常满意，心情大好。通常情况下，马新贻检阅结束后，带着八个护卫，坐着轿子就回去了。这天不知是他心血来潮，还是体恤下属，非要徒步回家。随行官员劝说不住，只得站立道路两旁，恭送他回家。马新贻在前边走，护卫紧随左右。正当他要走出校场大门时，突然人群中窜出一个短衣清兵模样的人，快步走到他面前，当即跪下，头顶状纸，大声呼冤。马新贻正欲俯身接状，说时迟那时快，只见这个清兵抬手间，已从靴筒中拔出一柄短刀，直刺马新贻胸部。马新贻大叫一声，双手紧捂伤口。那八个护卫大喊："抓刺客呀！"可谁也没敢上前，原来这八个彪形大汉，看着人高马大，却是贪生怕死之徒。站在道路两侧的随行官员，突遇如此变故，早已吓得魂飞魄散，乱作一团。没想到刺客并不逃跑，反而高呼："刺客是我张文祥。我就在这里，决不逃跑，你们捉拿便是。"喧嚷之间，马新贻忍痛抬头看了一眼，说："原来是你。"随后对亲信说："不要难为他。"旋即倒在地上，不久便身亡。

堂堂两江总督，在众目睽睽之下居然当街被人刺杀，立刻引发朝野震动。慈禧亲自过问，并安排大臣审理此案。经审讯，刺客张文祥供述自己原是江洋大盗，曾投奔马新贻，因马新贻失信杀害了其同伙，故前来行刺，并一口咬定此事是他一人所为。

更离奇的是，"刺马案"刚刚发生，有关马新贻渔色负友的传闻便四处扩散。迷雾重重，世人皆知，此案必有蹊跷。可是在各方势力角逐下，这么一件几乎直接改变了晚清政治格局的大案、要案，居然就成了历史谜团，最终不了了之。

今日无论是电影溯源，还是实地探寻，谁也无法探清"刺马案"之谜。在西马坄村也仅存一座马新贻的墓碑。触碑叹古，踏迹感今！无论真相如何，而今留给世人的是一份捋不清的遐想。

（二）沙场点将

1. 吴起与魏武卒
中国早期"特种兵"

战国时期天下纷乱、战乱频仍，故名将辈出。有一人似乎在战场上就是一个传说。他的名字叫吴起！

吴起出生在卫国左氏（今山东菏泽市定陶区西）一个殷实之家。年轻时，吴起就是一个有远大抱负的人，他离开故土，先是追随曾参学习儒家学术，掌握组织管理能力，而后又深研兵法。精通治军之道后，吴起开始寻求用武之地。

吴起来到魏国，遇到明主魏文侯，二人相谈甚欢，准备筹建一支召之即战、战则必胜的"武卒"。一支军队的实力不是靠人数堆出来的，要有核心力。吴起坚信，兵在精而不在多。为建好武卒，吴起把"精兵"二字贯彻到极致。据史书载，武卒选拔标准非常严格。入选者要有强悍的力量和体能，具体而言，能开十二石（一百二十斤为一石）之弩，能携带三天的作战粮草，半天走一百多里小路。这样的人，今天进特种部队都达标有余。

北风料峭，青草短，天尚寒。一群身披铁甲，头戴亮银盔，脚蹬麻鞋，手拿长戈或铁戟，腰带利剑，背五十支弩矢，斜跨百宝囊的战士，正在以千人为基本作战单位（类似现在一个团）拼命训练。这就是传说中大名鼎鼎的魏氏武卒的操练现场。武卒天天除了操练还是操练，长期进行魔鬼式训练。武卒五人为伍，设伍长一人，二伍为什，设什长一人，五什为屯，设屯长一人，二屯为百，设百将一人，五百人，设五百主一人，一千人，设二五百主一人。其中，二五百主也称"千人"。经多年千锤百炼，作战时，武卒的指挥系统早已做到如脑使臂，如臂使手，如手使指一样灵异。即便战败，士兵不管是否相识，在将官存在的情况下，都可以迅速组合，形成新的战斗力。

万千兵卒舍命，贵在一将统领。武卒训练效果好不好，我们来看看战绩。公元前389年，秦王调动五十万大军，准备在阳晋大战魏国。面对五万对五十万兵力悬殊之局面，在吴起这位绝世将帅的率领下，武卒毫不畏惧，果敢迎敌。吴起心想：这一仗不来点出奇制胜的法宝，秦军当真不知马王爷三只眼。就这样，吴起挑了个月黑风高的夜晚，先派四股作战小分队，利用武卒的机动性四处放火，然后兵分四路，迂回至秦军后方，直接夜袭，搞得秦军晕头转向，根本不知道外面多少魏军，挤在大营乱成一窝蜂，无法组织有效的抵抗。魏军则反复冲杀，一夜之间将秦国五十万大军打得溃不成军，四处逃窜。

一战成名，功绩显赫。这支威名赫赫、战力超群的部队，整整续存十九年，一直镇压着秦国。虽最终丧于老对手秦军手里，但他们的战绩仍值得我们今天细细回顾。

2.卞门忠烈

血战青溪渡口

每个时代总有少数人遗世而立，卓尔不群。在名士风度盛行的东晋时代，也有一批不苟时俗的有志之士。卞壶便是其中的杰出代表。

卞壶，字望之，济阴冤句(治今山东曹县西北)人，历经三朝，两度为相，地位显赫，深受皇帝倚重，但他不流于世俗，被当时的主流视为"异类"，所以知名度不高。

在以空谈、交际为尚的东晋，勤于政事者不仅得不到认可，反而遭到鄙视。所以，大部分官吏随心所欲，无所作为。卞壶处处尊儒倡礼，勤于政务。同僚嘲笑他："你整天为国事焦虑忙碌，脸上很少有闲适的神情，好像嘴里总是含着瓦砾，一副严肃刻板、不讲人情的样子，难道不觉得这样做人很辛苦吗？"卞壶道："现在社会上有很多人追慕风流疏朗的个性，主张宽松恢宏的道德标准，这样做固然闲适、豪爽，但这样能使国家长治久安吗？如果我卞壶再不去倡导礼仪法度，还有谁会去呢？"

东晋咸和二年（327），苏峻叛乱，次年兵攻建康（今江苏南京）。大敌当前，人心慌乱，朝廷命卞壶率军防御。卞壶临危受命，明知此去九死一生，却依然慨然领命。卞壶率军与叛军迎面相遇，两军列阵对峙，在清溪口一带的田野上展开拉锯战，均有胜负。叛军见久攻不下，竟不顾周边百姓的生命安全，实施火攻。大火随风迅速蔓延，顿时浓烟冲天，哭声、喊杀声伴着噼里啪啦的火苗，让人窒息。东晋军队吓蒙了，军心动摇。在此生死攸关的危急时刻，只见卞壶目光如炬，手持利剑，大喝一声，冲向敌阵，瞬间一片混战。正要溃逃的将士见主帅神勇异常，大受鼓舞，纷纷掉头杀入敌营。无奈即使东晋军浴血拼杀后，还是无法退敌。卞壶背伤突发，疼痛难忍，但他依然不顾一切，高挥利剑，再次冲入叛军中。可惜天不佑人，一场艰苦、残酷的拼杀后，卞壶终因体力不支，以身殉国。随他作战的两个儿子卞眕、卞盱见父亲被杀，也杀红了眼，死战不退，力杀数人，双双殉国！卞壶父子精忠报国，舍身成仁，演绎了一幕忠孝双全的家族历史剧。

悲壮的故事并未到此为止。卞壶夫人听闻父子三人力战而亡，没有悲伤，没有哭泣，找到父子三人遗体草草掩埋，然后自杀殉节。现今的卞公祠也就一农家院落，院内一块断成三段、用水泥砌接的"晋卞忠贞公"碑无声地向世人述说着卞氏一门无私无畏、忠义报国的历史往事。

3.战将李勣

为姐熬粥彰亲情

《隋唐演义》刻画了一个个鲜活的英雄形象。徐茂功更是被描绘成了一位能掐会算、料事如神的英雄。不过这只是小说家的杜撰。其实，徐茂功原型是隋唐名将李勣，原名叫徐世勣，字懋功，故民间传说称他为徐茂功。历史上真实的"徐茂功"还真是一个有情有义的人！

徐世勣，曹州离狐（今山东菏泽西北）人，出身大户人家。虽然家大业大，不过他不安于享受富足安逸的生活，自小志存高远，希望能凭借一身武艺"货与帝王家"。在隋唐交替的动荡岁月，十岁出头的他已开始结交江湖豪杰，过上了刀口舔血的日子，终凭显赫战功，被唐王朝赐国姓，改名为李世勣。贞观年间，因避李世民讳，去掉"世"字，改叫李勣。遂以李勣之名闻名天下。

李勣因军功而显贵，出将入相，威震一方。而另一面，他日常居家，恪守家风。最令人感动不已的是他为生病的姐姐熬粥这类小事上。李勣有个老姐，他始终奉养着她。一次，姐姐病重卧床，吃不下饭。李勣亲自下厨熬粥侍候姐姐。古时候熬粥是需要烧柴火的。火大了，粥就会煮煳；火小了，粥就会煮不熟。因此煮粥时需时刻注意火候。俗话说，尺有所短，寸有所长。李大将军指挥行军打仗那是用兵如神，但让他掌勺熬粥，实非所长。为控制火候，他不停地对着灶火吹气，一不小心把火苗吹了出来，火苗马上烧焦了他的胡须。李勣赶紧弄灭胡须上的火苗，又紧接着煮粥，不一会儿，就弄得狼狈不堪。李勣端着粥送给姐姐喝，姐姐看到弟弟的狼狈样，心疼地说："你整天为国分忧，那么多大事忙都忙不过来，干吗非要自己给我煮粥，家里那么多下人，叫他们熬粥就行了。这碗粥我喝了，以后不要再干这种小事了。"李勣说："姐姐从小照顾我，疼爱我，现在你年纪大了，我也老了。你看，我的胡子都白了，想要这样给姐姐烧火熬粥的机会怕是也不多了。趁我还能陪在姐姐身边，尽量为姐姐多做一些事。"姐弟质朴无华的对话，道出了人世间最难得、最珍贵，也最纯粹的真情。人生短暂，能在有生之日为亲人做一碗粥，何尝不是一种幸福？

民间传说作为野史，犹如一根线，将正史中扑朔迷离的事件串联起来。真实的徐茂功虽不如演义中那般夸张，但仅赐姓一事，足见他的不凡。他的经历、他的成功、他的卓异是那样璀璨夺目，令人眼花缭乱。在大唐三百年历史苍穹之中，李勣无疑是位让人过目不忘的响当当人物。

4."太师"庞籍

不败西夏誓不还

每个传奇故事，往往都有一个反派衬托主角的高光，比如经典侠义小说《三侠五义》中的大反派"庞太师"，衬托出了包公的智慧与铁面无私。由于姓氏相同，很多人误认为此太师原型便是北宋的庞籍，其实此"太师"非彼"太师"。真实的庞籍是何许人也？

庞籍，字醇之，单州成武（今属山东菏泽市）人，出生在一个重视家庭教育的官宦之家。父母几乎把所有的心思都花在了小庞籍的成长上。长大后的庞籍自然没有辜负父母的期望，进士及第，走上仕途，1051年拜相，一路顺风顺水，并无太大波折，可以说是一生荣光。

天圣五年（1027）的一天，刚刚迁职群牧判官的庞籍，上书当朝皇帝，陈言直指掌管天下兵马大权的枢密院，朝堂上下一片哗然。原来枢密院将重要军事辎重"带甲马"私借于宦官杨怀敏，庞籍直言"以国马假臣下"，这是严重违规问题。庞籍虽初掌职事，却无所畏惧，敢于直击国家最高军事机关的管理疏漏，顿时声名鹊起。

庞籍虽是文官，但他可不是文弱书生，其文治武功不亚于鼎鼎大名的辛弃疾。数其最大"武功"，莫过于抗击西夏，镇守边陲。1038年，党项族人元昊建立西夏政权，公开叫板宋朝，连破西北边境。国家危难之际，庞籍出任经略安抚沿边招讨使，他积极与韩琦、王沿、范仲淹等守边名臣联络，一同整顿军纪，御敌于外，安抚百姓，稳定战局。同时，还主动向朝廷进言：天灾严重，宫中开销巨大，应该节省财力犒赏战士，这样才能鼓其士气，维护边疆安定。他还建议招募当地百姓，鼓励他们耕种军田、提供军粮等。庞籍熟知兵法，他在边关推行堡垒政策，在他的带领下，宋军步步为营，逐步收复被西夏侵占的领土，军事劣势逐渐扭转。就这样，庞籍与元昊斗智斗勇，周旋多年，西夏在对抗中没有讨到一点便宜。"不堪折磨"的元昊不得不自去帝号，主动和谈，向宋朝俯首称臣。

千百年来，尽人皆知的事情，可能并非事实。庞籍在朝言事，铁骨铮铮；在外护国，殚精竭虑。不仅不是大奸臣，反而是一代贤臣良将。小说中的"庞太师"似乎更像作者随意杜撰。只可惜坏了庞籍的声誉。好好的一个名臣良将硬被演义成了坏事做尽的大反派。

5. 曹邦辅御敌

"圣旨碑"牵出的抗倭事

在山东菏泽市定陶区冉　镇曹楼村的一片林地里，立着一块距今四百余年的古石碑。古碑受损严重，断裂四段，散落在不同地方。碑身地上部分刻有明朝都御史曹邦辅的名字。地下部分则是明万历九年（1581）颁发的褒奖曹邦辅祖父母的一道圣旨。其中就提到了曹邦辅痛击倭寇的事。我们姑且叫它"圣旨碑"吧。

提起日军，中国人最先想到的，还是那场长达十四年的抗日战争。实际上，这并非

为曹邦辅家族所立的圣旨碑

日本第一次觊觎中国的土地。明朝时期抗倭战争就不曾停歇，嘉靖年间，抗倭战争最为激烈。这期间，最让人震惊的，莫过于几十个倭寇进攻南京城事件。这究竟是怎样一桩事呢？

南京明城墙坚固规整，守城兵力不下万人。在冷兵器时代，如果只有区区数十人，想要攻打南京城，无疑是以卵击石。但恰恰就是这五十三个倭寇，居然大张旗鼓地对南京发动了攻击。更可悲的是，倭寇们居然一路奔袭，洗劫两个县城，斩杀一个御史、两个指挥使。面对四五千明朝士兵，倭寇竟然一人未损，上演了一幕以寡凌众的闹剧。一小群倭寇无所畏惧地直入南京，好比一柄锋利的尖锥，刺进明王朝这头臃肿、懒散巨象的中枢神经。朝廷震怒，下令尽快剿除倭寇。都御史曹邦辅应令而动，率领数千官兵，布下天罗地网，准备将来犯的倭寇一网打尽。

曹邦辅，字子忠，今山东菏泽市定陶区冉堌镇曹楼村人。曹邦辅谙熟兵法，善于领兵，是嘉靖年间素有"知兵"之名的大臣。

一天夜间，倭寇正在距苏州府不远的一处所狂欢，庆祝他们的胜利。正当他们喝得醉醺醺的时候，忽起一阵呐喊，满山遍野的火把把天空照得通亮。只见帅字旗下，稳坐一白袍将军，正是曹邦辅。曹邦辅令旗一挥，倭寇瞬间被团团包围。倭首突遭攻击，大惊失色，开始拼死突围。倭寇躲进附近的民舍，民舍内一片漆黑，根本无法判断倭寇位置。曹邦辅吩咐采用火攻，倭寇抵挡不住，分散开躲在农民的田禾中。狡猾的倭寇早已熟悉地形，在田地里逃往太湖。不料太湖岸边，早有官军船只等候，原来曹邦辅早已料到倭寇可能会借水路逃生。倭寇争先恐后地登上船只，曹邦辅率领官军尾随追杀，一直追到苏州，全歼倭寇。这一仗斩杀倭寇三百九十余人，活捉七十余人。随后，曹邦辅又率部转战东沟地区，以火枪、火炮攻击倭寇船只，七战七捷，杀敌六百余人，倭寇丧胆，南京威胁解除。隆庆三年（1569），曹邦辅升任南京户部尚书，后因身体原因辞官归里。曹邦辅去世后，朝廷为他修建坟墓和祠堂，立碑纪念。

历史总是相似的，时刻警醒着国人，可惜人总是善忘，不然就不会有后来的甲午惨败，更不会有南京大屠杀。今天我们不要因为生活在和平时代就安于现状，而应时时反思。

6.秦纮忠心为国

危难之际镇边关

边患一直是大明王朝的心头之患，尤其"土木之变"后，更成了悬在大明王朝头顶的"达摩克利斯之剑"。明弘治十四年（1501），深秋时节，三边信使马踏卢沟桥头，急声吆喝："报！三边危急，鞑人攻入固原，直犯平凉、宁夏……"声声吆喝，惊动京城。皇帝闻报大惊，连问朝臣："边关危急，谁可堪当大任？"

一纸诏书被从京师皇城火速送往小城单州，皇帝要再次启用老臣秦纮。

秦纮，字世缨，山东单县人，一生数次沉浮，仍初心不改。在明朝那片权阉当道的天空下，一个人想要做到永葆初心难上加难。但秦纮以铮铮铁骨做到了风采依然，本色不改。接到诏

71

书，须发皆白的秦纮，没有片刻犹豫，即刻打点行装，奔赴边关。

鞑靼铁骑南下，边关烽烟四起，无数同胞正在鞑靼的铁蹄下挣扎。秦纮似乎又闻鼓角催征，沙场战马嘶鸣，将士用命厮杀，顿感热血沸腾。大地一派萧瑟景象，一支规模不大却步伐整齐的队伍正日夜兼程，逆风前行，领路人正是新任命的边关统帅、户部尚书兼右副都御史秦纮。他们犹如飘荡在汪洋大海上一叶小舟，西行漫漫，说不上波澜壮阔，说不上不枉此生，但个个精神倍增，眼神坚定。秦纮知道，这是他今生最后一次为国出征。故园东望，他耳旁又响起乡亲们的嘱托，身上又多了一份沉甸甸的责任，不能不急着赶路。

秦纮风尘仆仆地抵达边关，来到固原，眼见城隘残破，尸骸横陈，颓圮的民居草房余火未尽，不时腾出缕缕青烟。秦纮马上请出圣旨，亮明身份，传下将令，亲写祭文，声泪俱下祭拜阵亡将士，随后下令拨出大笔专项经费，用于安置阵亡将士家属的生活。同时安排随行护军寻找四散的残兵败将与逃匿的官员来镇所听调，并详询守城情况、将佐表现及兵败原因。秦纮从容淡定，上奏更换守将，兴设屯田，屯垦助边，指挥修筑堡垒一万四千余个，挖沟堑六千余里。一时间，士气大振，秦纮边关三年，四镇晏然。

一位风烛残年的老人，带着满身创伤，从西陲边疆回到故乡单州。耄耋之年，他皮肤干枯到没有血色，身躯佝偻而不再高大，但人们仍视他为巨人，呼之"秦公"。五百多年过去了，历史的风沙掩埋了无数的忠魂烈骨，单县黄堆集村的秦纮墓也已荡然无存，但他卫国戍边、安邦抚民的精神却代代流传。

7. 御赐武状元

"点了张宪周，气死王金钩"

有一年，明朝鲁靖王带领人马到郓城县西北开垦黄河滩地，令帐下一张姓大将在此安营扎寨，建村张庄。清乾隆年间，时任

状元张楼祠堂

县令莅临张庄村，见村内骡马成群，楼台百座，村民富庶，遂将之更名为"张楼"。后来本村子弟张宪周高中武状元，遂改称"状元张楼"，并沿用至今。

张宪周自幼聪明好学，尤喜习武。其父兄于村外置场地，供其跑马射箭。十五岁，拜武解元李凤山为师，习练刀术、箭术和志石。所练大刀，皆浑铁打成；所用弓箭，需三百斤臂力方能拉开，以牛皮为弦，犀牛角为架。因其臂力过人，所练举重志石时常在二百四十斤以上。他吃苦耐劳，练就一身刀马纯熟的武功。

光绪十六年（1890）武举科考，张宪周名列五魁。同年恩科加试，在金殿与山西王金钩比武。当时，朝廷考取武状元大致有三项比赛。先考射箭。张宪周打马疾驰，只见他从背后取出三只雕翎，放开马缰，搭箭开弓，照定箭靶上的金钱连发

三箭。第一箭射入金钱眼后,雕翎旁垂,名为"凤展单翅";第二箭将由金钱眼中抵出,名曰"凤凰夺窝";第三箭射掉金钱,谓之"金钱落地"。随着三箭中靶,比武场上一片欢声雷动,文武百官交口称赞。刀术比赛更是扣人心弦。张宪周舞动大刀与王金钩交战,一百二十斤重的大刀在手中轻松自如,刀片上下翻飞,呼呼生风。突然一个闪失,王金钩将他的大刀击落在地。紧急关头,张宪周急中生智,猛地用脚尖将大刀挑起,趁王金钩还没反应过来,挥刀将他的大刀挑飞。最后比拼臂力,重三百六十斤的志石,张宪周运足气力,大喊一声"起",志石稳稳举起,三起三落,又在石上放一百二十斤重大刀,高举过顶,绕场一周,从容自若,全场欢声雷动。王金钩举志石两下,脸色有变,大汗淋漓,羞惭而退。光绪帝遂点张宪周为武状元,京城一时流传,"点了张宪周,气死王金钩"。1900年庚子兵变,京畿失陷,光绪帝与西太后仓皇西逃,张宪周随行护驾。在居庸关,他利用山势险要,排兵布阵,与侵略军展开白刃战,光绪帝一行方才化险为夷。光绪帝返回北京后,特赐金字匾额一块,以示嘉奖。

百年沧桑,世事巨变。在菏泽市郓城县张鲁集乡状元张楼村,耸立着一座沿用百余年的清代古建筑群——状元祠。无情的岁月侵蚀了外观,却令其历史风韵愈加醇厚绵长,就像一串文化符号,讲述着状元张楼的前世今生。远远望去,威武醒目的武状元雕像,让每一个进村的人都肃然起敬,至今仍有不少海内外的张族后裔来状元张楼祭族追根,拜谒祖坟。

（二）文人雅事

1. 庄子借粮

远水不解近渴

提起庄子，映入人们脑海的有庄生梦蝶，有逍遥人生，无论怎样讲庄周，似乎他都是位不食人间烟火的"仙人"。其实，真实的庄子是与我们一样会遇到糟心事的平凡人。让我们一起看看庄子遇到了什么糟心事。

一天，庄周家里实在揭不开锅了，妻子不停地催促庄周想办法。庄周万般无奈，只好硬着头皮到濮水对岸的监河侯那里借粮。监河侯是管理黄河的官员，离庄子居住的地方不太远。

位于东明菜园集的庄子观

监河侯闻听大名鼎鼎的庄子来了，热情地接待了他。一见到庄周，连忙寒暄："今日，庄先生大驾光临，不知有何见教？"庄子直截了当地向监河侯讲明自己的来意。监河侯是个既吝啬又爱面子的人。他不愿借给庄子粮食，又不好当面拒绝，就假惺惺地说："你是有学问的人，我非常愿意帮助你。可我手里现在实在没那么多余粮。不过无须担心，等我把老百姓欠的租赋收上来之后，我借你三百石，你看好不好？"说完就准备送客。庄周听了监河侯的回答，心想：等你把老百姓欠的租赋收上来，不知猴年马月呢，到时候，我一家老小岂不是早已饿死了吗？发火吧，不行，自己是来求人帮忙的。好在庄周脑子灵活，沉思片刻后他说道："这个先不着急，你坐下来，听我给你说说我来时遇见的一件怪事。"监河侯无奈，只好坐下来。

庄周对监河侯说："在来你家的路上，我听到有呼救的声音。我四处张望，并未看到有什么异样情况。后来在路旁一道曾经积过水的干车辙里，发现一条快要干死的小鱼，在那里张着大嘴呼救呢。于是我问它：'小鱼呀小鱼，你从哪里来？怎么变成了这个样子呢？'小鱼答：'我是从东海来的，现在快要干死了，你能不能给我一小桶水，救我一命呢？'"监河侯听了庄周的话，急忙问道："您给小鱼水了吗？"庄子白了监河侯一眼，冷冷地说："我告诉他了，要水，这好办，你等着，我立刻去见见越国、吴国的大王，请他们设法挖一条大河，把西江的水引来迎接你回东海的家，好吗？"监河侯一听傻了眼，情不自禁地说道："那怎么行？"庄子说："是呀，那小鱼听了我的主意，当即气得瞪大了眼，生气地说：'我在这车辙里快要干死了，只要一小桶水就能活下去。如果照你的办法，等到西江水引来的时候，我早就成了鱼市上的干鱼啦！'"听到这里，监河侯羞得满脸通红，他立即喊来仆人，到粮仓给庄周装了满满一袋粮。庄周接过粮袋，谢过监河侯，兴冲冲地回家了。

2. 伯乐传说

相马招亲

成武县伯乐集因是伯乐故里而得名。《庄子集释·马蹄》载："伯乐姓孙，名阳，善驭马。"其后引石氏《星经》载："伯乐，天星名，主典天马。孙阳善驭，故以为名。"民间流传的伯乐集的来历，有些传奇色彩。

传说天上的御马星君有一女儿，年方十六，文武双全，才貌出众。她不爱权不爱贵，偏偏爱上了人间乐园。在她的恳求下，御马星君答应带她下凡界。御马星君化名伯乐，女儿化名驰骋，父女二人带着百匹战马，在民间一个小镇安了家。这个小村镇就是现在的成武伯乐集。

不久，驰骋的美名就传开了。王侯公子纷纷登门求亲，驰骋一概不理。公子哥儿隔三岔五，就到驰骋家寻衅吵闹一番，并扬言要赶他们离开此地。御马星君对女儿说："要想在此地长住下去，必须先除暴安良，不然我们就只有回天界了。"女儿问道："怎样才能除暴安良？"御马星君就把自己的打算说了出来。第二天，御马星君贴出"识马招亲"的告示。言明三个条件：一、求亲者先与驰骋大战三百回合，方为武功及格；

二、以"驰骋"为题，连上自己的姓名，写上诗句一首，选中者为文采及格；三、在伯乐的马群中选战马一匹，赛马夺魁者方能为婿。告示刚贴出不久，前来参加招亲的就涌上门来，前前后后达三百六十人。

经过和驰骋交战，有十人武功及格。经诗句考试，只有三人文采及格。这三个人，一个是依仗权势欺男霸女的国舅马华，一个是胡作非为的富家公子马机，另一个是农家子弟马品。文武试过，开始选马。马华抢先从马群中选走一匹个大体肥的火焰驹。马机选走一匹狮头虎尾的黄骠马。马品却选了一匹体轻身瘦的玉白马。看过选马，伯乐点头笑笑，说："我后继有人了。"驰骋问道："父亲所指是谁？"伯乐说："赛马过后见分晓。"

人们来到赛马场，只见一条十余里长的跑道，跑道尽头是一座山峰。越过山峰，一片沙滩塞路，别说战马，单行人也会陷进淤沙之中。过了沙滩，是一条三丈多宽的万丈深渊。这三关，谁能跨马闯过，即为魁首。赛马号角刚一吹响，马华第一个飞奔而出，十里跑道上，他耀武扬威。谁知刚登上山峰，突然马失前蹄，扑通一声，摔下马来。随后，马机跨马扬鞭，越过山峰，直奔沙滩，刚进沙滩没多远，便陷进淤沙，只好打着滚，逃出沙滩。这时，马品飞奔而来，他扬鞭催马，踏过沙滩，来到万丈深渊前，只听玉白马长嘶一声，四蹄腾空，嗖的一下，跃过深渊。

伯乐和驰骋骑马迎上前去，向马品祝贺一番。三人刚要回返，忽见马华、马机带着兵丁围了上来。马品不慌不忙，向伯

乐深施一礼，说道："老人放心，待晚辈前去应战！"马品迎
上前去，抽出战刀，与二马大战起来。三马混战，直杀得天昏
地暗。驰骋恐马品有失，想赶上去帮忙，伯乐说："马品艺高
在你我之上，放心吧。"正说着，只见马品飞马跃起，左手抽
出宝剑，挥手把马华刺下马来。马机一看不妙，正要逃窜，马
品手持长矛直刺马机心脏。当地百姓一听两害被除，都敲锣打
鼓，四方庆贺，送其金字大匾，上写"识马先师"四个大字，
悬挂到伯乐老人住的地方。从此，伯乐住的小村镇，就被称为
伯乐集。

3.陈王曹植

大土堆上的枣树刺

在鄄城县北、黄河南岸有一个村子，叫杏花岗。一到村口，
映入眼帘就是一座气势雄伟的牌坊，上书"杏花岗"三个大字。

据说，杏花岗村有个奇特的现象，村中的枣树与别处不同，上面的刺儿全部歪向同一个方向生长。

沿着杏花村旁的泥土路远远望去，一座新建的土台，一个头挽发髻、手捧卷轴的成年男子，正端坐于一条石几后，凝神读书。这个男子，就是一千八百年前的曹植，曹操曾经最中意的儿子。

220年，曹丕的时代到来了。在太子位争中落败的曹植，人生急转直下，结束了父王庇荫下的斗鸡走马、唱酬放歌、西园宴游的贵公子生活，直直滑向谷底。第二年，刚刚即位的哥哥便对这个自己一直以来视为假想敌的弟弟展开猛烈攻击。曹植从安乡侯改封鄄城侯，开始了处处受限制和被打击的艰难旅程，接着又被人监视一举一动，过上了名为王侯、实为囚徒的牢笼生活。

据说，落寞的曹植为排遣苦闷压抑的心情，时常独自到王府附近的杏花岗饮酒赋诗。当时的杏花岗杏树成林，杏林中还种有枣树。每逢阳春三月，杏花盛开时，香飘十里，落英缤纷之际，曹植也会邀请文友幕僚，在此一起唱酬应和，谈论古今。有一年春天，曹植与诗友们正在讨论诗文，品评人物，天空突然下起绵绵春雨，大家都纷纷寻找避雨的地方。不知我们的曹公子是在感叹自己"白马仗剑"的理想，抑或在思念期望建永世之业的父王，竟在雨中凝望天空。等到友人发现、提醒他时，衣服早被淋湿了。曹植便脱下衣服，顺手晾在身旁的枣树上。等到准备回府，取衣时不小心被枣树上的刺儿扎破了手，鲜血冒出，染红枣树的刺儿。没想到第二天就出现了一件怪事，整个杏花岗的枣树上的刺儿全朝下了。

为避免以后再遇到突发的恶劣天气时无处遮身，曹植遂在杏花岗南面筑建了一座与王府相连的高台，台上建有读书厅、藏书室和会文亭。曹植在此台创作，赏春就读，记载下自己的读书时光，后人便称这里为陈王读书台。黄初四年（223），曹植徙封雍丘王，不得不离开鄄城。在鄄城期间，曹植虽略显落寞，但好在有书相伴，在落寞中他还是寻得一份心安、一份寄托。

"鄄城旧事最风流，台上书声忆故侯。"历经一千八百多年的风风雨雨，陈王读书台终因黄河不断决口渐被淤没，变成了长满荒草的土冈，再也没有了书声琅琅。但遗址尚萦绕着千年不散的历史气息，依然有序地传承着文脉和诗情。长空下、旷野上，今日前来觅踪的人在凭吊昔日的曹植时，总要谈起他不朽的作品《洛神赋》。

4. 琴台高耸

四君子单县聚会

单县城东南护城堤里，积水成湖，清波如镜，一座突起的高台，形状似半月，前枕长堤，半浮于水面。台上松柏苍翠，郁郁葱葱，这就是单县著名的古琴台旧址。相传春秋时期，孔门弟子宓子贱任单父宰时，经常在此处弹琴，故被称作"琴台"。

唐天宝三年（744），单父县尉陶沔在旧台的基础上加土整修，筑成一座规模宏大、前方后圆的高台，正式定名"琴台"。

登高访贤、以文会友，本就是唐朝文人间的雅事。为祝贺琴台重建，陶沔与李白的族弟、单父主簿李凝同盛情邀约大诗人李白。这一年，本来因奉召进京而踌躇满志、誓言建功立业的李白又因恃才傲物遭权贵妒忌，很快"仰天大笑出门去"，此时正准备离开长安畅游天下。因此，收到邀约后，李白欣然赴约。途径洛阳时，李白与杜甫不期而遇，两人相约一同前往单父游玩。琴台即将迎来一次大唐诗坛会。李杜二人到了单父，一看新筑的琴台，东望开山，西瞻栖霞，南瞰涞河，北临大泽。涞河水脉流通，风帆上下，沙鸥翔集，泽中蒲苇丛生，岸边桑柘繁盛，禽声嘈杂，狐兔出没，好一派迷人风光。

让人意外的是，在琴台，李杜二人除了见到久违的朋友陶沔，还遇到了高适。在诗坛各拥有一席之地的李白、杜甫、高适三位大诗人，携手陶沔等一行多人，数次登上琴台，在推杯换盏间，或垂钓射猎，或把酒高歌，或吟诵酬和，或纵论时事，或品评诗人，过得好不惬意！李白挥笔写下了《登单父陶少府半月台》，描写了单父秋天美景，高适写的《同群公秋登琴台》表达了他对先贤的怀念和崇敬，以及自己洁身自好、不与燕雀为伍的志向，为后人留下一段千古佳话。这段快意的生活，成为他们一生中值得怀念的经历之一。杜甫直至晚年还一再写诗追忆他们相聚单父、共登琴台的情景。他在《昔游》中写道："寒芜际碣石，万里风云来。桑柘叶如雨，飞藿去徘徊。清霜大泽冻，禽兽有余哀。"从此，琴台成为文人墨客登台怀古、把酒赋诗的圣迹。

古琴台虽历经千年风摧雨蚀，却一直备受瞻仰。如今的琴台红花、绿草相簇，苍松、碧桐、垂柳相映，依旧是人们游览休憩的好去处。单县还在开山公园建造了"四君子"聚首雕像和赋单诗墙，让后人在沧桑巨变中感受单县的灵秀。

5.寒门王禹偁

磨坊"神童"对对子

　　中国古代诗人有很多，出身豪门望族的数不胜数，出身寒门之家的寥若晨星。据说，第一个祖辈是农民的诗人应该是王禹偁。

　　王禹偁出生在巨野一个世代务农的家庭，家里除了几亩田地，还有一个小磨坊，农闲时给街坊邻里磨几斗麦子，挣几个小钱以贴补家用。但是王禹偁天赋极高，从小又勤奋好学。据说五岁能诗，九岁能文，十来岁时已闻名乡里，当地人都称王禹偁为"小神童"。他幼年巧妙应对的故事就是例证。

　　当时，未来的朝廷宰辅之臣毕士安正在王禹偁的家乡济州担任团练推官。有一天，毕士安外出办差，回衙路上，正逢炎日当空，他口渴难耐，就找一个井台去喝水。井台边，一对夫妇在洗麦，旁边站着个七八岁的孩子用手蘸着井水在井栏上聚精会神地写字。毕士安当时心想：这是谁家孩子，真少见呀！

　　过了几天，毕士安和当地的朋友一起欢聚。有人提到当地有个小神童叫王禹偁，说他说梦话都能说出押韵的律诗。毕士安有点不信，心想：一个十来岁的孩子能写出多好的诗！为打消疑惑，毕士安决定到小神童家实地走访。根据朋友指引，毕士安来到王禹偁家。进门一看，一个小孩正在吃力地磨面，毕士安感觉好像在哪里见过这小孩，心想：这不是在井边练字的那个孩子吗？毕士安看着满身面粉的小禹偁，想考他一下，说道："小朋友，听说你的诗写得不错，能不能以'石磨'为题写一首让我瞧瞧？"小禹偁眨着睫毛上落满面粉的眼睛，脱口而出："但存心里正，无愁眼下迟。若人轻著力，便是转身时。"毕士安一听，暗叹传闻果然不虚。

没过几天，小禹偁给毕士安家送面粉。巧合得很，毕士安家里正举行一个诗歌笔会，受邀者大都是巨野文化名流。只见来客紧紧盯着墙上的"鹦鹉能言争似凤"七个大字，在那或眉头紧锁，或抓耳挠腮，却都鸦雀无声。原来大家在对对子。这些平日里自命清高的文人绞尽脑汁也没一个能对上。王禹偁忍不住说了句"蜘蛛虽巧不如蚕"。大家伙听到声音，急忙向外看，只见门外站着一个脸上沾着白花花面粉的小毛孩。毕士安一看是小禹偁，忍不住夸赞道："小小年纪如此有才思，将来定会名动天下！"为向众人证实小禹偁的才华，毕士安对王禹偁说："你看看这满院的荷花，能不能再写一首诗？"王禹偁掸了掸身上的面粉，思考片刻后吟道："昨夜三更里，姮娥堕玉簪。冯夷不敢受，捧出碧波心。"刚诵完，众人便齐声叫好。大伙儿看一个十岁的小孩子当着这么多人、这么大的场面出口成章，顿觉一个"羞"啊！从此，王禹偁的名气更大了。在"轻著力"的毕士安等人的举荐下，王禹偁终成开启大宋文坛新风的一代先驱。

6. 名门望族晁补之

书生施计巧捉贼

晁氏家族，往远处说有西汉名臣晁错，往近处说有独处禁林十六载、三知贡举的晁迥。在宋代，晁氏已经成为济州巨野的名门望族。晁补之的高祖、曾祖都是朝廷重用的"文胆"，族叔晁端礼是词人，父亲晁端友是诗人。南宋著名词人叶梦得的母亲就是晁补之的妹妹，曾巩、吕夷简、陆游都和晁家有姻亲。

晁补之自小聪颖，记忆力强，过目不忘。生于这样一个世代奉儒的书香门第，晁补之自然诗文名扬天下，后得以忝列苏轼门下，成为"苏门四学士"之一。

北宋绍圣元年（1094），晁补之外放，出知齐州。当时齐州的治安一塌糊涂。当地一伙盗贼听说来了个弱不禁风、手无缚鸡之力的书生做知州，更加肆无忌惮，光天化日之下都敢在街巷和路上抢劫。晁补之曾随在地方为官的父亲游历各地，也是见过世面的人，岂会被几个小贼吓住！

俗话说，不入虎穴，焉得虎子。为了探明情况，晁补之与衙役们好一番乔装打扮。一个装成商人，一个装成地主，一个装成书生，随后他们匆匆走在一条经常发生抢劫的狭窄小路上。一路上晁补之用手捂着胸口，装着特别紧张的样子，还边走边说："别紧张，大白天的还能有贼寇不成，再说我这是祖传的宝贝，谁也抢不走。"晁补之话音刚落，一伙人从路旁窜了出来，把三人团团围住。贼寇都拿着刀子，上来就开始搜身，很快从"商人"那儿搜出了玉器，从"地主"那儿搜出了铜钱，在晁补之身上找半天只找到几本书。贼寇们把晁补之上上下下搜了几遍，连头发都没有放过，还是找不出一件值钱的东西。贼寇们指着晁补之大声说道："刚才你说身上有祖传的宝贝，你的宝贝藏在哪儿？快点乖乖地交出来，再不交出来，就剐了你喂狼。"晁补之指着被丢弃在路边的书说道："这就是我说的宝贝，你们没听过书中自有黄金屋吗？"这话把贼寇给气得不轻！其实，与贼寇周旋之际，晁补之一直在暗中记这伙人的形体、声音。

后来，通过暗访，晁补之查出了这伙贼寇的姓名和藏身之地。之后，晁补之以传授计谋的名义将盗匪头目招来，暗中安排好抓贼的曹官，结果宴席还没有结束，这伙盗匪就全被抓获。其他盗贼从此罢手，齐州府因此安定下来，消除了群盗之患。多少年来官府一直悬而未决的大难题，晁补之手到擒来，这为他赢得了好名声。

三

遗迹风物

一望无垠的菏泽大平原上，散落着大量的堌堆遗址、古墓遗址、文物古迹和风景名胜。历史上，菏泽堌堆遗址近五百处，保存完好的现有九十多处。现存的古址古迹有尧陵、永丰塔、冉仲弓祠等省级以上文物保护单位一百多家，还有曹州牡丹园、水浒好汉城、浮龙湖、孙膑旅游城等 AAA 级以上风景名胜二十多处。

这里有古代地理著作《山海经》中描写的九尾狐故里青丘山所在地青邱堌堆遗址，有中国历史上第一个太后秦宣太后芈八子的弟弟魏冉长眠之地安陵堌堆，有汉高祖刘邦即帝位之地官堌堆。这里有中国目前发现的最大的"黄肠题凑"墓葬，该墓葬被列为 2012 年度中国十大考古新发现之一。这里有建于东汉、兴盛于隋唐的法源寺，隋朝时寺内塔下藏有锭光佛舍利六颗，传说左丘明之父即葬于此。这里还有美不胜收的风景、叹为观止的名胜，一定让您流连忘返！

（一）遗址寻踪

1. 安邱堌堆遗址
"中华商代第一窑"

"挖出古墓了！挖出古墓了……"

1969 年 4 月一个雨后的下午，刚刚上工的村民纷纷涌向村东南一座高耸土堆。原来，菏泽县佃户屯公社曹楼村在搞水利工程建设挖沟时，土堆下让大雨冲出了一个奇怪的、深不可测的黑洞！后经过试掘，发现了一批珍贵的文物。1977 年，安邱　堆遗址被列入山东省第一批省级文物保护单位名录。

村里一位九十多岁的老人说，传说原来有一只老虎盘踞在这个土堆上，经常伤人，村民整天提心吊胆。一个李姓农民在牛角上绑上两把利刃，尾巴上绑上点着的鞭炮，猛牛受惊拼命向前冲，说来真巧，正好刺死了老虎，从此村民平安，于是就在这里修建了安邱寺。

1984 年春，北京大学考古系教授邹衡带领他的弟子们来到菏泽，对该遗址进行正式发掘。两个多月的时间里，邹衡和他的学生住在帐篷里，吃在工地上，还雇了村子里七八个青壮劳力帮他们挖土方和搬运东西等。他们用刷子、小刀等工具一点一点地挖掘整理，特别是碰到陶器等物品时更是小心翼翼的，

安邱堌堆遗址

好像对待他们的孩子一样甚是谨慎和仔细，一点一点地剔除物品上的泥土，还用毛笔刷来刷去，对物件轻拿轻放，个个还贴上醒目的标签。

经对出土文物鉴定和多次会议研讨，专家一致认定，安邱堌堆是一处新石器时代至商代的生活遗址，其文化叠层和出土陶器等距今四五千年，具有较高的历史价值、科学研究价值和独特的地方性文化艺术价值。在这个堌堆里，他们发掘了用河蚌壳做的镰和刀，用骨头做的针、锥和镞，还有磨制精美的石斧，造型规范的盆、碗、罐、鬲、瓮、器盖等大批文物。此外，他们发现了十二座房子和遗迹，墙壁、地基大都是夯筑而成，圆形房子较早，长方形圆角次之，长方形房子较晚，还发现了灰坑、灰沟、陶窑。其中，出土灰陶数量多，器物精美，器表以素面较多，方格纹、篮纹和绳纹数量也不少。这一发现，填补了我国商代早期制陶技艺考古空白。邹衡先生把堌堆中的陶窑定位为"中华商代第一窑"。

2001 年，安邱堌堆遗址被国务院列入第五批全国重点文物保护单位名录。

2. 青邱堌堆遗址
清丘寺会盟碑与清进士刘嗣因

在距菏泽城区约十六公里的寺西村东，有一个高出地面大约五米的灰褐色、覆斗状的大土堌堆，堌堆上新建有复式圆顶亭阁一处，四柱翘檐碑亭一处。碑亭内石碑高三米多，碑身左上顶端有缺，下有巨型负重赑屃。石碑立于清康熙四十六年（1707），碑文约六百字，字迹清晰可见，由康熙年间进士刘嗣因所写，明确记载是为清丘寺院落成而立。因碑文开篇有"鲁僖公九年，齐桓公率诸侯同盟于葵丘。宣公十二年，齐人、宋人、曹人、卫人盟于清丘"的字句，故该碑又被称为清丘寺会盟碑。

清丘（又名青邱等）是春秋时期著名的会盟地，这里因特殊的地貌环境，近两千年来一直是风景优美、香客云集的佛教圣地，"清丘烟柳"曾被列为曹州八大景之首。清朝诗人何远曾在《清丘烟柳》一诗中对清丘美丽的春色大为感慨："沧桑历历此遗丘，望遍垂杨系客愁。春霭回风迷近远，岚光明树任沉浮。丝穿语燕深深出，青拂行人款款留。玉敦珠盘俱寂寞，欲凭俯仰识千秋。"当年的清丘非常高大宏伟，历经黄河洪水的侵蚀、泥沙的淤积掩埋和蹉跎岁月的洗礼，至今仍如小山丘般高出地面。据碑文记载，汉朝时，随着佛教的传入，国内梵

清丘寺会盟碑

刹大兴，清丘寺应运而生。此后，各地香客慕名而至，庙宇不断增加，成为当地一处胜景。后来，由于洪水和兵燹的破坏，寺庙坍塌。清初，庙宇附近的善士杨应斗等五人，各处募集善款，重新修建了清丘寺。事后，刻碑纪念，请新科进士刘嗣因撰写了碑文。

清丘会盟，发生在鲁宣公十二年，即公元前597年。《左传》载："晋原毂、宋华椒、卫孔达、曹人同盟于清丘。曰：'恤病，讨贰。'""恤病"即有困难时相救，"讨贰"即背叛盟约的要讨伐。公元前632年，晋、楚爆发城濮之战，晋国大胜，由此称霸。公元前597年，晋、楚爆发邲之战，楚国打败晋国而称霸。从此中原陷入了持久的争霸战中。在这期间，双方都损失惨重，中原弱小国家要左右逢源，更是苦不堪言。以宋国为代表的小诸侯国开始寻求以和平为目的的弭兵运动。但是，楚、晋两大霸权国家仍然想享受霸权待遇。清丘会盟就是在这个时间节点上由晋国权臣原毂召集的，目的是重申晋国的霸主地位。

关于碑文作者刘嗣因，祖籍在牡丹区安兴镇长屯村，该村保留有明确记载刘嗣因身世的族谱，村北有为其重修的墓碑。明末，刘氏迁长屯村而居，因该村位于澭水河南岸，又称澭南长屯。到刘嗣因时，已是濰南长屯刘氏第五世。据濰南长屯刘氏族谱及刘嗣因墓碑记载，刘嗣因自幼聪明异常，喜读书，记忆力好得惊人。他的父亲刘复兴是当地的秀才（廪生），非常希望自己聪明的儿子参加科举考试，便给了他一些费用，让他到江南游学并买书来读。一段时间后，刘嗣因空手而归。刘复兴非常气愤，斥责他。刘嗣因回答说："我买了满满一船的书，一路读来，所有的书我都烂熟于心了，这些读过的书没有用处，我就把它们都抛到河里了。"刘复兴持疑，对他进行测试，果然不差一字。刘嗣因参加科举考试得中进士，因为他的书法功力深厚，被录选为中书舍人。当时清廷储位之争异常激烈，刘嗣因可能被卷入其中。因为担惊受怕，不久他便精神错乱，返家休养，从此再也没有出仕。官方史料无刘嗣因事迹的文字记载，说明他后来远离官场隐居了。刘嗣因为清丘寺撰写碑文是在他得中进士后不久。当时他要到长安赴任，事务繁忙，无暇应付，不愿动笔。杨应斗等人请刘嗣因的伯父出面，刘嗣因才勉强写下了碑文。刘嗣因学识渊博，碑文谈古论今，条理清晰，文笔优美。由于他太过自负，碑文开头对于清丘会盟的记叙甚至还出现了明显的笔误：清丘会盟盟主原縠是晋国的权臣，碑文中误写成了"齐人"。

3. 梁王台遗址

彭越大将军的阅兵地

文学名著《水浒传》中多次提到，梁园虽好，不是久恋之家，《喻世明言》里也提到了这个。后世研究《水浒传》的人考证梁园的历史，得知富可敌国的梁国在封地大兴土木，建造了梁园。后人大多因梁园知道了汉朝时分封的梁国在今河南省商丘市。

实际上，汉朝最早分封的梁国，不在河南商丘，而在今天山东省菏泽市的定陶滨河街道办，也就是司马迁认定的"天下之中"。

彭越是刘邦分封的第一位梁王。据记载，彭越是昌邑人，渔家出身，以船为家，四海漂泊，秦末在大野泽以打鱼为掩护聚众做强盗。他利用游击战术与秦军周旋。后来他又策应刘邦烧项羽的粮草，干扰项羽的行动，帮助刘邦赢得了楚汉战争。刘邦登基后，韩信交出兵权去了楚地，彭越被册封为梁王。原来的魏国大部分都归属于梁国，彭越建都于定陶。公元前197年，陈　造反，刘邦征梁国兵征讨，彭越称病不往，有人借机告他谋反。彭越在陈　被灭后被刘邦活捉，后为吕后所杀，夷三族，梁国被废封。此后，皇子刘恢被册立为梁王，恢复梁国。据《汉书》记载，之后的三代梁王分别是吕后之侄吕产、惠帝子刘太和文帝少子刘揖。似乎刘揖为梁王时都城已在睢阳（今商丘），不清楚何时从定陶迁出来的。

据《定陶县志》记载，彭越在定陶为王期间，时刻不忘备战，加固城池，修筑高台，还经常到阅兵场点将练兵。这应该是他被诬造反的证据之一。当地《祝氏族谱》谱序载，祝氏本彭越之后，彭越被杀害后，其子孙易其姓为祝，世代居此。后人在他练兵点将的地方，建祠立碑，植柏种槐，并称之为"梁王彭越点将台"，又称"梁王台"。彭越被捕后，在定陶一共称王约六年。这期间才是彭越点将练兵的时间。

早在彭越点将练兵以前，这里就已是一处有着文化内涵的高地。国家曾多次开展不可移动文物普查，都在此处采集到新石器时代至汉代的大量文物。公元前208年，项梁在定陶兵败战死。楚怀王拜宋义为上将军，接替项梁掌握军事大权。同年，宋义领兵五万北上去解赵邯郸之围，行至安阳，命大军不再前行。项羽假借怀王密令杀死宋义，引兵北上。据传，项羽军北上时曾在此埋锅造饭。

梁王台周围低洼潮湿，秋冬之季常常有茫茫白雾环绕高台。梁（王）台绕雾，为明清定陶八景之一。解放初期，其上尚存正房三间。正房为梁王殿，内墙绘有壁画，雕梁画栋，栩栩如生。殿前有凉亭一座，20世纪60年代被拆除。现存梁王台遗址堆南北五十米，东西三十五米，高约五米。梁王台遗址文化层暴露十分明显，有明清石刻三通。前些年当地百姓在遗址

梁王台堌堆遗址

上建了仿古祠堂三间，供奉有梁王彭越、范蠡等像。后又建四面围墙，南北二十五米，东西十九米。2013年，梁王台遗址被列入山东省第四批省级文物保护单位名录。

4.戚姬寺

落败美姬恨不休

戚姬寺在今山东省菏泽市定陶区杜堂乡戚庄村附近，传说是西汉时刘邦为宠爱的戚姬所建。

戚姬，名戚懿，又称戚夫人，汉高祖刘邦的爱妃，赵王如意的生母，济阴定陶人。

公元前205年，刘邦趁项羽北上攻打齐王之际，一举攻下项羽的都城彭城。正在齐地决战的项羽得此消息，立即率精兵回师救援，偷袭汉军大营。当时的刘邦占领彭城后，猜想项羽不能分身前来，天天大摆酒宴庆贺，毫无防备。在快速赶来的楚军的猛烈攻击下，汉军死伤二十余万人，刘邦只身逃跑。其父刘太公及妻子吕雉等皆被项羽掳去。刘邦逃至济阴定陶戚家寨已经筋疲力尽了。当时，天已黑，后面楚军渐渐迫近。刘邦料难逃脱，就在一口大井旁纵身下马，然后打马让马狂奔而去，自己纵身跳进大井之中。恰巧这口大井是口枯井，使得刘邦保住了性命。楚军大队人马向着马跑的方向穷追不舍。刘邦听到楚军已经走远，便摸黑爬出大井，远望一村庄有灯光闪烁，便向该村走去。走至村头，正巧碰到一老翁，刘邦如遇救星，忙躬身行礼，询问老翁此地为何处。老翁告诉刘邦该村村名叫戚家寨。刘邦见老汉爽直，就直言相告自己的身份，兵败至此。当老汉得知来人是汉王刘邦时，忙施礼让进家中，尊为上宾，做菜上酒，热情款待。酒过三巡，老汉唤女儿敬酒。刘邦抬头一看，见此女眼含秋水，面若桃花，杨柳细腰盈尺可握，似仙子下凡，便生爱意。此女便是后来的戚姬。戚母早丧，戚女自幼与老父相依为命，在贫困中过着如诗的田园生活。戚女天生丽质，自幼聪明伶俐乖巧，温柔善良，能歌善舞。刘邦边饮酒边夸老汉有福气。戚老汉已明其意，心中亦有许嫁之意。便说道："小女今年十八岁，早该嫁人，怎奈有个相面先生说她生有福贵之相，她就痴心想嫁个贵人。"刘邦一听大喜，解下一块随身佩玉作聘。他许诺，日后如果得到天下，就封戚女为贵妃。于是当夜洞房花烛，喜结良缘。戚夫人就此有孕，后来生子刘如意，这是后话。次日刘邦即向戚氏父女辞行，戚夫人恋恋不舍，送至村头，两人洒泪而别。

公元前202年，刘邦在垓下打败项羽，回师定陶，在诸大将的拥戴下于氾水之阳的官　堆举行了登基大典，建立汉王朝。封吕雉为皇后，刘盈为太子；封戚夫人为贵妃，刘如意为赵王。定都洛阳，后迁至长安。

刘邦称帝后，依然十分宠爱戚姬，加之刘如意聪颖可爱，深为刘邦赏识，渐渐冷落了陪他四处征战、吃尽苦头的皇后吕雉。戚姬在随高祖征战的过程中经常哭泣哀求，求立其子如意为太子。刘邦也觉得太子刘盈仁弱不似己，就有了废掉刘盈立刘如意为太子的念头。由于公卿大臣的阻谏，一时也未能立成。公元前195年，刘邦平定叛乱，回到长安，因受伤一病不起，戚姬日夜不离左右地侍候，这使刘邦坚定了废太子刘盈立赵王如意的决心。吕后知道后非常恐慌，逼迫留侯张良为其献策。张良建议太子刘盈迎商山四皓以示天下归心。吕后从其计，使人奉太子书，卑辞厚礼，迎此四人。一次宴会上，高祖命太子刘盈作陪，看到跟随刘盈的侍从竟是商山四皓。刘邦见自己曾多次相请都请不来的人，现在居然辅佐太子，叹道："彼四人辅之，羽翼已成，难动矣，吕后克而立矣。"他知太子羽翼已丰，不能再改立了。同时，吕后又极力拉拢朝中大臣，逐渐形成了一个以她为中心的政治集团。

刘邦死后，刘盈继位，尊吕后为皇太后。因高祖自得戚姬后，吕氏逐渐失宠，且差点使刘盈不能继承大统，吕太后对戚姬非常痛恨。惠帝年幼，她趁机独揽大权，扶持诸吕，对戚姬及其子如意进行疯狂的报复。公元前194年，吕太后命人将戚姬囚于后宫永巷，削去头发，戴上枷具，给其穿上囚衣，强迫戚姬春米。戚姬想着在外地为王的儿子以及自己如今的悲惨处境，遂一边春米一边和泪唱道："子为王，母为掳，终日春薄暮，常与死为伍！相离三千里，当谁使告汝？"句句道出对吕太后的刻骨仇恨和对儿子的深深思念。这歌传到吕太后的耳朵里，她勃然大怒。为了斩草除根，下诏召赵王进京。使者至赵王处，赵相周昌知吕太后不怀好意，如赵王奉召前往必定是凶多吉少，遂以赵王生病为由，婉言辞召。使者三次往返，赵相皆以此为由不让赵王前往。吕太后便召周昌至长安，然后再召赵王。如意年幼，无力拒召，只好前往。惠帝知太后欲杀掉赵王，于是亲自迎接赵王入宫，并天天与赵王同食同居，使太后一直找不到机会。一日，惠帝早起打猎，赵王年少贪睡呼唤不醒，独睡于帝宫。吕太后闻其独居，于是派人持毒酒灌之，将其毒杀。然后变本加厉地折磨戚姬。她让人砍去戚姬手足，挖去双眼，熏耳，饮喑药，把她扔进厕所中，起名叫"人彘"。随后，召惠帝一同观看人彘。一向仁弱的刘盈看到戚姬被自己的母亲害得如此凄惨，不禁放声大哭，悲愤欲绝。他让人转告吕太后："此非人之所为，臣为太后子，终不能治天下。"惠帝由此生病，后又放纵自己，不问政事，二十四岁郁闷而死。从此朝中大事皆由吕太后掌管。不久，戚姬被活活折磨而死。吕太后又下令灭戚家九族，戚姓人不得不改姓而四处迁移躲藏。

吕太后的专权和残暴，激起了人们的义愤。吕太后死后，汉文帝继位，铲除诸吕，恢复了刘氏政权。公元前 179 年，汉文帝下诏在戚姬的故乡戚家寨建祠祭奠。该祠建在高岗之上，后世称戚姬寺。寺内建有大殿及配房数间，后多次修缮。清末，寺院内仍然古树参天，飞鸟成群。傍晚的时候，晚鸦归巢，绕寺哀鸣，好似在悯悼戚夫人的惨死。"戚堌晚鸦"被列为定陶古八景之一。清张彦士有诗

破败不堪的戚姬寺

写道："从幸关东爱正稠，一朝永巷动人愁。而今世远荒坟近，树杪乌啼恨未休。"

5.菏泽古沉船

闹市惊现元代古沉船

"古墓？古墓！闹市出现了古墓。"这消息像长了翅膀，迅速传遍了菏泽大街小巷。

2010年9月的一天，乌云密布，电闪雷鸣。一场罕见的特大暴雨下了一天一夜。早晨雨过天晴，菏泽人又开始了新一天的忙碌。

在市区中华路与和平路交叉口的菏泽市国贸中心建筑工地上，施工人员调来抽水机正对楼盘地基进行抽水，随着积水退去，人们忽然发现了坑里露出一块长长的木板。用铁锨一挖，看到了一些陶瓶、陶罐等。

肯定是古墓！施工人员赶紧报了警。

市考古人员闻讯赶来，一场神奇的考古之旅就此展开了。在发掘过程中，他们发现了一块四米长的大板子，随后就在这块木板的不远处，又发现了一根桅杆，最终考古专家们确定这里不是古墓，而是一艘沉船。

紧接着一百多件珍贵文物一件接着一件地被发现和挖掘出来，让人看得眼花缭乱。一个考古队员一生之中能挖掘到一个元青花就已经很幸运了，市文物部门一工作人员仅仅一个下午，就挖出了三件价值不菲的元青花，可谓旷世少有。

菏泽出土的元代沉船

三件元青花的出土，让这次常规的考古发掘工作震惊中外。青花龙纹梅瓶身价过亿，元青花全国也就八九件。

原来，在元代，这里曾经是通往东京开封的赵王河的一段河道。

六百多年前，朱元璋大军北伐，元代的一个皇家贵族，在向北逃亡途中，仓促间和别的船撞到了一起，船只迅速沉没，船上的人员争相逃生，他们的日常用品和一些名贵的收藏品就这样沉入水底。还有另一种说法，元朝末年，天下大乱，南方州府官员给朝廷押运贡品送往元大都的途中，在菏泽赵王河一带遇到绿林好汉，船上皇家专用物品被抢劫后，所剩其他日用品和船一同被击沉到水里。

出土的古沉船和一百余件文物得到修复后，被收藏在菏泽市博物馆。

6. 障东堤

治黄廉吏丁宝桢造福百姓

在菏泽市牡丹区李村镇兰口村东南角，伫立着一块青石碑，石碑阳面书有"障东堤"三个楷书大字，阴面碑文记载了光绪元年（1875）修筑黄河大堤的过程及各项耗费明细，落款是"山东巡抚丁宝桢撰并书"。碑顶镂刻二龙戏珠，喻示着治黄成功造福百姓。这就是晚清名臣丁宝桢治黄所立的障东堤碑。该碑碑座沉没地表以下，被列为菏泽市级文物保护单位。

障东堤碑反映了丁宝桢的忧国爱民。咸丰五年（1855），黄河在铜瓦厢决口后，洪水漫流曹州全境，南北滚动百余里，最终由渤海湾入海，给山东百姓带来深重灾难。同治十年（1871），郓城侯家林段决口，郓城、汶上受灾严重，并波及嘉祥、济宁。时任山东巡抚的丁宝桢勘察地形，制定堵口方案，并亲自到现场督办，仅用一个月就封住了决口。同治十二年（1873）秋，东明的岳新庄、石庄户民埝决口，山东、江苏、安徽等地数百里范围内受灾，洪水所到之处墙倒屋塌，百姓流离失所，惨不忍睹。而忙于与太平天国作战的清政府在治理水灾问题上争议不休，没有采取任何行动，任由灾害发展。受灾严重的地区宿迁、巨野、济宁等十几个州县全部被淹没，连成一片湖泊，绵延数百里。在贵州老家扫墓省亲的丁宝桢听闻洪灾消息后，马上日夜兼程赶回山东。查探灾情后，丁宝桢寝食难安，表示此口不堵，为害滋烈，若犹观望因循，则上无以对朝廷，下无以对百姓。于是他自任工程督办，定治理方案，选定贾庄、蓝口作坝基进行施工。光绪元年（1875），贾庄口工程动工，丁宝桢亲自到现场指挥抢修，到堤坝合龙，洪水消退，受灾百姓陆续返回家乡。为了根除水患，达到长治久安的目的，同年丁宝桢又奏请朝廷，亲自督促地方官员组织军民修筑长堤。上起东明谢家庄，下到东平十里铺，两个月就竣工了，修起了著名的"障东堤"。障东堤全长二百五十余里，高十四尺，厚百尺，顶宽三十尺。此

障东堤碑

堤确保了百余年来该段黄河不再决口，保证了方圆几百里村庄的安全，造福了一方百姓。

障东堤碑还记载了丁宝桢的廉洁奉公。碑文不仅细致描述了丁宝桢组织军民修筑障东堤的艰辛过程，还详细记述了工程账目，包括大堤的长度、宽度、高度，投入的人力、物力、财力。其中菏泽贾庄大工合龙收支各款清单中，尾数精确到"六钱九分八厘"，余款精确到"四十五两三钱二厘"。这次修堤工程造价最初估银四百七十余万两，实际耗费才五十四万两，

而且"物料有稽"，即其中的花费都经过了审计。碑文还特别强调了"工惟其坚，用惟其省"，就是要把这个堤坝做得坚固，而且在保证质量的前提下做到尽可能节省。纵观碑文内容，可看出丁宝桢作为巡抚做事认真细致、廉洁无私。

人生百年后，世上留余音。丁宝桢爱国爱民、清正廉洁，是百姓爱戴的清官。距障东堤三四十里处，一个村民曾从七米深的地下挖出一块题有"民不能忘"的石碑，这块石碑是当年百姓为感念丁宝桢治理黄河而刻立的。丁宝桢治理水患的功德，将永远被后人所铭记。

（二）古建拾遗

1. 仲弓祠

冉雍求学孔子

在菏泽鲁西新区冉贤集有一处冉仲弓祠堂，祠内立有"先贤冉仲弓故里"碑，柏树数十株，其中大殿东南院内有一株参天古楷树，相传是冉子后人冉瞻所植，距今八百余年了，现仍枝茂叶繁，形如巨伞，秋风起处，一树金黄。该树为全国最古老的楷树之一，堪称菏泽古树之王。

冉雍，字仲弓，为孔子弟子，与冉耕、冉求皆在孔门十哲之列，世称"一门三贤"，当地人称三人为"三冉"。冉雍的父亲品行不好，其后母公西氏却是个非常知书达理的人，她听说孔子在阙里设坛讲学，就让冉雍三兄弟到陬邑去向孔子求学。

冉雍刚见到孔子时，孔子问他志向是什么，他说愿意发扬光大尧和舜这样圣贤的美德，一听到冉雍有这种愿望，孔子非常高兴，立马就收下了他。

冉雍的父亲世代以耕地为生，还偷过别人的东西，冉雍常因家庭出身背景不好而自卑，总觉得低人一等。同窗也看不起他，甚至还会欺负他。孔子实行的是有教无类，他把这一切都看在眼里，对冉雍因材施教。

有一天，大家出外郊游，看到一头毛色赤红、头角端正的小牛。有个弟子说这样的小牛是要用来祭祀山神的。孔子故意说，他的血统不好，不能用。学生辩驳，否认血统说。孔子顺势说，确实是这样，人也如此，不能因为一个人的父辈品行低下，就怀疑甚至否定他的一切。孔子还经常鼓励冉雍说，如果他学业有成，社会就不会因为他的出身地位低下而抛弃他。

在孔子的教育和鼓励下，冉雍进步很快，最终成为孔门三千弟子中最有成就者之一。冉雍的德行、言语、政事、文学居孔门弟子前列，且很谦虚。

有一次，孔子召集他的弟子说："颜回死了，冉耕也死了，我们儒家的思想和学说，将来靠谁继承和发展呢？"身旁的冉雍说："只有曾参能胜任。"孔子摇了摇头说："我看只有冉雍才能办好这件事，因为冉雍是个大贤人，他远远超过了曾参。"

孔子还曾公开推荐他，说他可以面向南方治理百姓，即有做相国的资格。后来，战国时，荀况也把冉雍和孔子并列为大儒。

冉仲弓祠堂

孔子死后，冉雍唯恐儒家学说失传，与诸贤共同著述《论语》一百二十篇，另外，他还单独撰写《敬简集》六篇。可惜的是，后来秦代焚书坑儒，这些文献被付之一炬，在世间失传。

2.临济草寺

临济宗始祖义玄

山东省菏泽市牡丹区李村镇李庄集村头，有一座日本佛教徒捐资修建的临济草寺。该寺院按照唐朝建筑风格建设，规模不大，却十分气派。

临济，唐代高僧，俗姓邢，名义玄，曹州南华人。今佛教禅宗之中以临济宗影响最大，法脉延续最久，也最具中国禅的特色。开创临济宗的正是义玄禅师，他因此被称为中国禅宗临济宗创始人。

唐朝时期佛教兴盛。义玄自幼聪慧过人，经常在家门的草寺玩耍，深受佛家文化熏陶。小时候就以孝道闻名乡里，显示出与众不同的善根。

义玄长大后在曹州南华草寺披剃出家，等到他受具足戒后，随高僧修学问道，深入研究律藏，他精通经论，曾先居讲肆、精研毗尼、博览教典，随着对经藏、戒律和经论的学习不断深入，又转入禅门，专心致志于真修实证之道。

为了学到更多、更高层次的佛教知识，义玄后来离开了草寺，踏上游方参学的道路，辗转到江西黄檗山希运禅师门下学佛法。义玄虽然知识渊博，但他性格内向，见人讲话都脸红，虽然出家诚心修行，却不敢向师父提问题。

学法第三个年头，义玄首次参拜希运禅师，问师父什么是佛法的大意。三度遭希运棒喝杖打，后又到高安滩头向大愚禅师请教，得悟。返回希运处继续习法，并脱颖而出，成为希运禅师最得意的门生之一。希运以其师百丈怀海之禅板风案相授。临济在自我修行中加以印证，广为传播，一时名声显赫。《景德传灯录》卷十二详细描述了义玄得悟的情形：义玄起初只是在希运门下随大众参侍，有一次首座鼓励他上前问话，接个机缘。义玄问希运：什么是祖师西来意？这是禅门中的一般问题。希运听后当头就打，义玄三问，三次挨打。义玄向首座辞行，说道："承您激励我问话，受赐三棒，但只怪我太愚笨，不能领悟，我再到他方行脚去了。"首座急忙去告诉希运："义玄虽然是新来的，但很有悟性，他来辞行时请您再接他一把。"
第二天，义玄向希运告别，希运说："你可以去参大愚和尚。"
义玄见到大愚，大愚问："什么地方来的？"义玄："从希运处来。"大愚问："希运有什么指教没有？"义玄就说了三问三度被打的事，并问："我错在什么地方了？"大愚说："这个希运，真像个老太婆，还对你那么亲切叮嘱。你真是太笨了，还来问我错在哪儿。"义玄顿时大悟，说道："原来希运的佛法也不过如此。"大愚一把抓住他："你刚才还说不明白，现在又这样说，你究竟知道了什么道理？快讲！快讲！"义玄捣了大愚三拳，回见希运。希运问："怎么这么快就回来了？大愚说什么了？"义玄告诉他大愚所说，希运笑："这老东西，下次见到他，我要痛打他一顿。"义玄答："还等下次？现在就打。"接着就给希运一拳。希运大笑。

义玄大悟后，经常在黄檗山参与重要佛教事务，并为希运禅师信使。义玄离开黄檗山后，继续行脚参禅，与各地佛教长老交锋、切磋。多年游历之后，义玄回到曹州重修了南华草寺。

大中八年（854），义玄应人之邀到河北镇州临济寺院担任主持，法号临济。在这里，义玄在普化、克符的辅佐下，承继希运禅师宗旨，直指佛之心印，天下学人无不慕名而来，他将多年游方参学、遍访丛林的心得进行总结，发展了佛教的"四谛"说，形成了一套以四料简、四宾主、四照用等传教方法组成的佛学理论。"四谛"是指人生的"苦谛、集谛、灭谛、道谛"；"苦谛"是指人生有生、老、病、死之苦，一切皆苦；"集谛"是指苦源自欲望，人有欲望所以才苦，欲望越大苦海越深;"灭谛"是指消灭苦难的方法,加强修养,灭绝欲望,进入佛的境界;"道谛"是指修行之道,要刻苦修行,超脱俗世,与世隔绝。临济禅师一整套接化学人的手段,因人而异,因境而别,灵活机动。他倡导的随缘自在、天机活泼的禅风,独树一帜,开创了临济正宗,普法天下。义玄的临济宗,授教讲究"唱功","唱"前用禅风。他建立的临济禅法,契理契机,续佛慧命,广传后世。

临济于咸通八年(867)圆寂。临济是佛教第三十八世传人,有嗣法弟子二十二人,当时就风靡于世。后人辑临济语要为《镇州临济慧照禅师语录》。经后世弟子的弘法,临济宗渐成佛教界最大的一支法脉。临济宗从宋开始就成为禅宗主流,当时黄庭坚、苏轼、苏辙等人都与临济宗渊源极深,并被列为门人。王安石在推行新政遇到阻力时,曾作《诉衷情》:"莫言普化只颠狂,真解作津梁。蓦然打个筋斗,直跳过羲皇。临济处,德山行,果承当。将他建立,认作心诚,也是寻香。"临济宗在中国禅宗史、中国佛教发展史乃至中国思想文化史上都具有非常重要的地位。

临济的祖居李村集村,原名李二庄,由排行老二的李氏一家人自山西迁居,现村名起于元末,清末成集,改称李庄集。

3. 唐塔与永丰塔

托塔天王降河妖

古代的菏泽地势低洼,诸水汇集。传说,有一蛟龙经常在此作乱，洪水肆虐，民不聊生。这条蛟龙本来在大禹治水时被锁住了。很多年后，蛟龙趁黄河发大水逃跑，又开始兴风作浪。大水高涨，淹没了周围许多百姓的庄稼和房屋。此事被天上的神仙发现，天庭震惊，派托塔李天王李靖与哪吒父子带领十万天兵天将前来降服。李天王、哪吒来到凡间，哪吒与蛟龙开始厮杀，霎时狂风四起，天昏地暗。大战一百回合，不分胜负。托塔天王挥剑将手中宝塔断为三截，从空中抛下，只听三声巨响，神塔的下段落在郓城，塔身落到巨野，塔尖飘到汶上，分别将蛟龙的头、身、尾牢牢地镇住。最终蛟龙被降服，洪水退去，露出良田沃野，百姓无不拍手相庆。

落在郓城的荒塔原名观音寺塔，也叫唐塔，是郓城最为有名的景观之一。塔身共七层，地表现存四层，八棱四门楼阁式砖塔，由精美的砖雕斗拱组成塔檐，东、西、南、北四面各设一券顶坤门，其余四面为砖雕景窗。历经千年风雨，至今挺拔如初，巍峨古朴。每天有数千只神奇的燕子栖息在塔顶、塔身

郓城唐塔

的缝隙里，小巧灵活。据当地老人讲，古塔的燕子与众不同，一生都在飞翔且从不落地，落地即死。民间传说是，战国时期大军事家孙膑因眷恋故土，死后化为"云燕"，飞回故里，萦绕在古塔周围。这种神秘现象吸引了国内众多的科学家来探究其中奥秘，他们登塔搜寻，里里外外整个古塔却又丝毫不见燕巢的踪迹。原来唐塔的燕子只有前爪没有后趾，翅膀似燕，头脚像蝙蝠，滑翔出穴，绕塔飞鸣。不远飞，不落枝，不沾地，滑翔出穴，飞闯入巢，也不随季节南迁。每当夏日的早上或晚上，群燕齐飞，绕塔旋鸣，远观若云，煞是壮观，故称"荒塔云燕"。

落在巨野的塔叫永丰塔，有祈求年年岁岁五谷丰登之意。在永丰塔不远处，有一造型十分典雅庄重的重檐歇山式的仿古绘彩碑亭，亭下安放着一通任史君屏盗碑。这通高近五米的石碑，大有来头。

五代后周的时候，大野泽还在，到处是低洼之地，港汊纵横，荒草灌木丛生。由于战乱纷争不断，这里盗贼时常出没于岸边，打家劫舍，滋扰百姓。后周太祖郭威对此十分重视，在巨野新建了济州，任命任史君为济州刺史，派兵围剿。任史君到任后恩威并施，没出一个月，盗贼灭迹，百姓安居乐业。当时朝野文人感其功高厚德，上书朝廷，在巨野县城北门外立碑树传，表彰任史君治里有方、群盗屏迹、惩盗化民的政绩，是为屏盗碑。屏盗碑的撰文者是北宋文学家李昉。碑文是当时的书法名家张光振的杰作。该碑为优质青石所制，材质坚硬，碑文字迹清晰，镌刻技艺精湛纯熟。整个碑体龟趺螭首，八龙虬

巨野永丰塔旁的屏盗碑

盘，出神入化，栩栩如生，气势宏伟，碑体保存完好。屏盗碑以"文绝""书绝""碑绝"而著称于世，世人也誉之为"三绝碑"。

1938年，日本人曾动用二百多民工挖掘，想把此碑迁走，未得逞。2002年，巨野县动用大型挖掘机、排水机和吊车，将此碑成功迁出并安放在永丰塔旁。在四天的挖掘过程中，周围人山人海，围观群众争相一睹千年古碑的神秘风采，壮观情景十分动人。

4. 法源寺

锭光佛舍利奉安"左山"

法源寺位于定陶区马集镇郭庄村南，原名兴化禅院，又名左山寺，建于东汉年间，隋、唐、宋时最为兴盛，因寺中藏有佛教圣物锭光佛舍利而出名。

锭光佛，又称燃灯佛，传说他出生的时候，周身放光，亮如明灯，故名"燃灯"，又传燃灯佛是释迦牟尼的老师。

隋文帝杨坚笃信佛教，大兴佛事，下诏各州郡建造舍利塔。602年，隋文帝遣使奉送锭光佛舍利六颗，封于石匣，安奉在法源寺舍利塔下。佛祖舍利在佛教中是一种至高无上的圣物，因而受到佛教信徒的顶礼膜拜，法源寺从此声名显赫。

历史上法源寺的舍利塔曾经多次修葺，尤其在北宋庆历年间，进行了一次大规模的重建。1042年舍利塔倾圮，当时寺内智隆和尚发下宏愿，要重修佛塔，光大佛门。他怀藏舍利，广募四方。智隆和尚的执着和真诚感动了宋仁宗，皇帝下诏迎接舍利入宫，朝夕供奉。后命内官温士良以最高礼节护送舍利安奉故地，特命曹州知府任中师重建舍利塔，扩建兴化禅院。工程竣工后，仁宗皇帝御书塔名"宝乘"，赐以金匾，寺院因此名扬天下。

扩建后的兴化禅院庙宇高耸，房屋二百多间，规模达到鼎盛。每当清晨将曙，兴化禅院的钟声遥传方圆数里，余音缭绕，蔚为壮观，"兴化晨钟"遂成为古曹州八大景之一。

5. 何家花园

瘸驴踢碎一花缸

何家花园曾为我国古代北方八大名园之一，位于菏泽鲁西新区岳城办事处岳楼社区何楼村南。花园正门朝东，大门内侧不远处，矗立着一座三米多高的石碑，碑首上雕有双龙盘云，碑身刻有"凝香园"三个大字，是全国人大常委会原副委员长何鲁丽的署名手书。

花园始建于宋元时代，原名叫"东皋园"，元朝时袁姓蒙古贵族占据此园，取名"正春园"，后来袁家败落。明朝万历年间，何家五世祖、御史何尔健买下这个花园，改名为"凝香园"，后由其子何应瑞经管，时人多称之为"何家花园"。何家花园在兴盛时有二百余亩的规模。当地老百姓说，这个花园经常有神仙出入。

何家花园现存四十亩，花园西北是何家祠堂，东部是碑廊，南部为牡丹及百花园。花园里有存世上百年的蜡梅、凌霄、桧柏、翠松，有各种名贵牡丹，据说菏泽久负盛名的绿牡丹、黑牡丹等珍稀品种都源于此园。园子里还有仙足石、卧虎石、仙药坑、破碎的花缸等具有传说故事的景观遗迹，给人带来无限遐想。

下面是破碎的花缸的传说。

凝香园景色迷人，仙人吕洞宾到这里游玩，和园主交上了朋友。两人经常在花园饮酒。有一年谷雨节，吕洞宾又来到何家花园欣赏牡丹，一连几天，并无去意，竟忘记了与众仙聚会的事情。铁拐李前来叫他，吕洞宾不愿走，说再欣赏几天牡丹花。第二天一大早，一头瘸腿毛驴突然跑进了花园，又踢又蹦，把吕洞宾喜欢的牡丹都踢坏了，御史何尔健从京城带来的两只花缸，也被踢碎了一只。吕洞宾感到很扫兴，不久就离开了花园。听老人说，那头毛驴其实就是铁拐李变的。剩下的另外一

凝香园

只花缸至今仍保存在何家花园里，除上面的古人像稀奇外，硬度更是惊人，即使用金刚钻也钻不动。

6. 石头寨前王庄

羊山战役的"战地医院"

巨野县核桃园镇石头寨前王庄村，北依凤凰山、西靠白虎山、东滨蔡河，是一个风景秀丽的地方。

传说，明洪武二年（1369）王氏自山西省洪洞县迁至此处，建前、后王庄，前王庄村内有一百二十多幢石寨民居建筑，其中五十余幢为明朝所建，当地人称"石头寨"。这个村居是我国晋、鲁文化交融的石砌建筑典型代表，同时也是一个红色旅游村。

"狼山战捷复羊山，炮火雷鸣烟雾间。千万居民齐拍手，

石头寨

欣看子弟夺城关。"这是刘伯承元帅在解放战争期间所作的一首著名诗篇。诗中提到的"羊山"指的是著名的羊山战役，也是刘邓大军从鲁西南千里跃进大别山前的最后一场恶战，战役打得很艰苦，最终全歼国民党军整编第六十六师，俘虏了该师中将师长宋瑞珂。羊山集战斗的胜利为刘邓大军挥戈南进，千里跃进大别山打开了通路。

如今已九十多岁高龄的王道章老人家的四合院就是当年羊山战役的战地后方医院。那年王道章十七岁。解放军和国民党的部队在村北十二里的狼山屯交战，隆隆的炮火轰鸣声和激烈的枪声，吓得小孩子都躲在家里不敢出来。王道章家有一个石头垒砌的两层楼房，一个小四合院。村干部动员他让出家来给解放军做战地医院。两天后，解放军伤员陆续被抬到他家进行治疗，屋里、院子里都是伤员，最多的时候有三十多个。

村干部、解放军伤员，在北门里为王道章一家搭建了窝铺。为防地滑，解放军战士从山上背来了一些青石板铺在地上，还一起去地里掰高粱叶给他家制作蓑衣当雨具。

羊山战役打了十八天，下了十八的雨，王道章一家人在窝铺住了二十多天。在这段时间里，王道章的奶奶忙着做军鞋，母亲给受伤的战士做饭和洗衣服，王道章和哥哥、父亲一起去前方抬担架，有时还把重伤病员送到黄河北岸。等到解放军伤病员全部转移后，他们才拆除了窝铺，搬回了他们的两层石头楼。解放军临走时把他家里的水缸全都打满了水。一个干部身份的解放军给了王道章父亲五块银圆，他父亲追了三里多地，又将五块银圆还给了解放军。后来，王道章一家有三人报名参加了解放军。

那雨中的窝铺，正是当年军民鱼水情深的难忘记忆。

7. 巨野文庙

"珐琅五供"祭器

巨野永丰塔北的文庙，距今已有六百余年的历史。这里既是祭祀孔子的专用场所，还承担着学校教育、培养生员以应科举等任务，如今只剩下一座大成殿。

历史上巨野文庙被多次修缮，清康熙年间占地三十多亩，前后五进院落及东西跨院，共建有殿、堂、楼阁等近百间。主体建筑大成殿仿照曲阜孔庙大成殿营建。殿周二十四根龙雕巨型石柱，与曲阜孔庙大成殿前檐的十根龙柱相似，但又比后者多十四根，更显巍峨宏丽，肃穆庄严。

历代文庙祭祀器具形制以及陈设皆有规制，礼器种类繁多。巨野文庙众多的祭器不知流落何处，唯有一套珍贵的清晚期掐丝珐琅红地西番莲纹五供被保留下来。

新中国成立后，文庙旧址为县粮食部门占用，大成殿一度为粮仓。"文革"时期，"珐琅五供"被一王姓工作人员裹上高丽纸埋藏在粪坑里，后又转移到地窖子里十多年，20世纪80年代才挖掘出来。1995年，粮所搬迁，文庙复建，大成殿内复设孔子及四配塑像，以及神龛、御匾、香案等附属设施，"珐琅五供"重见天日。

五供一般指摆设在神位前的五件器物，一个香炉、一对烛台和一对花觚。一般香炉居中，花觚和烛台在两侧依次排列。文庙祭祀礼器作为祀圣重要古物，多有传世，而"珐琅五供"，制作工序十分复杂，为数不多。

巨野文庙的香炉通高一尺半，圆口，鼓腹圆底，短颈，双耳，炉底部成"品"字形承鎏金三象首足，其眼眉等处各施珐琅彩釉，眼睛炯炯有神，象鼻蜷曲用以支地。纹觚造型仿商代觚形，喇叭形口，中部凸起，高圈足，腹部有凸线纹五道。烛台由烛扦、托盘和底座三部分组成，盘、柱、座均为圆形，圈足外撇，通体浅红色珐琅为地，底座彩绘——对应西番莲花四朵，花蕊白色。

目前，"珐琅五供"被收藏在巨野博物馆。

（三）古墓探幽

1. 蚩尤墓

身首异处的"战神"蚩尤

在巨野县东北，有一处由条石砌成的土台，前面有一广场，广场中央立一石雕像，下面刻有"蚩尤"二字。这个土台，就是传说中战神蚩尤的肩髀所葬之地。

蚩尤肩髀冢

蚩尤是上古时代九黎部落酋长，他生性残暴好战，在中国神话中，他是兵主战神的象征。据说蚩尤有三头六臂、八只脚、铜头铁额，刀枪不入。还有八十一个兄弟，个个都是能说人话的野兽，把石头当饭吃。

蚩尤原来是炎帝的臣属，后来将炎帝打败后，和同为部落首领的黄帝争霸天下，黄帝联合炎帝一起征讨蚩尤。一开始，蚩尤和兄弟气势如虹，打得黄帝大军节节败退，大大小小打了七十一仗，结果是黄帝胜少败多，最终双方在冀州之野涿鹿展开决战。

蚩尤施大雾，弥漫三天三夜，黄帝大军被围困其中，辨不清东西，分不出南北，军心涣散。黄帝的大臣在北斗星座的启示下，发明了"指南车"，车上站立一个木头人，手臂永远指向南方。于是黄帝率军依靠"指南车"闯出了迷雾，解了大军之困。

黄帝的大军虽然冲出了大雾，但士兵们犹如惊弓之鸟，毫无斗志，若是再交战，必败无疑。在黄帝忧心忡忡之际，玄女下凡，给黄帝献策，让他去东海流波山，斩杀东海中的神兽夔，用夔的皮制成八十面战鼓，用雷兽之骨做鼓槌，敲之，声传五百里，军心重新振作起来。黄帝令应龙在蚩尤大军上游蓄水，切断蚩尤大军的水源，并在其饥渴交困之际，率领大军冲杀蚩尤大军，杀得天昏地暗，血流成河，很快蚩尤被黄帝捉住了。

黄帝打败蚩尤后，砍下了他的头颅，但蚩尤的头还能在空中飞行，很快又和躯体连在一起，怎么也杀不死。黄帝突然灵机一动，命人把夔牛皮鼓使劲连擂九下，蚩尤顿时被战鼓声震得魂丧魄散，不能行走，倒地而死。黄帝害怕他以后再作怪，便把他的身子和头颅埋在了不同的地方，即头葬在寿张，身葬在巨野。

2. 伊尹墓

从"家奴"到"国臣"

位于曹县大集镇殷庙村西，有一方伊尹墓，墓前有伊尹祠。这是明朝曹县知县范希正为纪念"千古贤相第一人"伊尹而修的。

伊尹年轻时是有莘国（今山东省曹县西北）的做饭奴仆，后做了有莘国之女的家臣。

伊尹自幼聪明勤学，有着超人的记忆力，虽然地位卑微，却乐于尧、舜治国之道。在有莘国时，因为研究三皇五帝和大禹等人的治国之道而被天下熟知。他具有渊博的学识，并有治理国家的好办法。

商汤想以厚礼聘请他，有莘王不同意，商汤只好娶有莘王的女儿为妃。伊尹便以陪嫁奴隶的身份来到商汤身边。一开始，伊尹到了宫中还是给商汤做饭。他看到商汤不善于治理国家，便感心中郁闷，有才华施展不出来。他后来想出一招。今天把饭做咸了，明天把饭做淡了，饭不好吃了，那还了得，商汤非常生气，就召见伊尹。伊尹一见到了商汤，就用做饭的经验给商汤讲安邦治国的道理。商汤一听，心想果真是人才，直接任命伊尹为宰相。伊尹辅佐商汤后，所做的第一件事就是劝说商汤废除以人祭天的陋习，改以牲畜祭天，深得当时民众的拥护。其后，他协助商汤布德施政，轻赋薄敛，使百姓亲附，令行天下。

伊尹特别注重人心相背，在攻打夏桀前，先是通过连续两次不对夏朝纳贡，来测试九夷之师对夏桀的态度。第一年停止纳贡时，夏桀暴怒，下令九夷之师攻商汤，九夷之师听从夏桀指挥，于是伊尹献计商汤暂时恢复对夏的纳贡。第二年，再次停止纳贡，这时九夷之师已经不听从夏桀的号令了。伊尹认为时机成熟，于是献策商汤攻打夏桀，夏朝最终被商朝取而代之。

商汤去世后，伊尹立商汤的嫡长孙太甲为商朝第二代国君。

伊尹祠前的公园

太甲在位仅三年，就被伊尹以暴虐昏庸、不遵商汤之法放逐到桐宫。三年后，太甲悔过自责，于是伊尹又亲自将其迎回，复任商朝国君。太甲死后，伊尹将太甲之子沃丁立为商朝的第三代国君。

从奴隶到位列"三公"，伊尹虽然出身卑贱，但以天下为重，有勇有谋，善用军事战略。每年阴历二月二十一日，即当地人声称的伊尹生日这天，大集镇殷庙村都会举行庙会，周边很多群众都到此赶庙会，焚香祈祷，跪求佑护赐福。庙会期间，唱大戏，玩把戏，开展多种多样商贸活动。延续了几百年的伊尹庙会，已成为菏泽一项著名的文化活动。

3. 安陵堌堆

魏冉魂归封地

在菏泽市曹县韩集镇孙庄村东北，有一处古代文化遗存，即安陵堌堆，此堌堆南北长一百米，东西宽九十米，最高处高出地表八米。堌堆之上古柏参天，郁郁葱葱。1945 年，堌堆顶部建鲁西南烈士陵园一座，南端为烈士灵堂，北端有一个烈士墓碑亭及多座烈士墓。1977 年，被列为省级文物保护单位。

前些年文物普查探明，安陵堌堆为一处包含龙山、商代、周代、汉代等多个历史时期文化的遗存。据史书载，曹县西北七十里，有冈自东北崛而西南隐，冈起峦伏，乍断乍续。这个丘陵土冈，从牡丹区安陵集一直延伸到今曹县与河南交界处，全长三十余里，宽七八里。在这个区域内，至今还有十多个带山、冈、岭、堌堆的地名。安陵堌堆就处在这个丘陵土冈地带北端。据清康熙《兖州府曹县志》载，大阜（安陵堌堆）高两丈余，占地数亩。由于历代黄河泛滥，泥沙淤积，丘陵土冈大多被掩埋于地下。

《水经注》及菏泽地方志均记载，安陵堌堆是战国时期著名的政治家、军事家魏冉的墓地。

秦昭王时期，魏冉曾任大将军、相国之职。据《史记》载，魏冉是秦昭王的母亲宣太后的异父弟弟。秦武王死后，他拥立秦昭王继位，被任命为将军，守卫都城咸阳。其间，他带兵平定了国内叛乱，把武王后驱逐到魏国，稳定了秦昭王的统治。由于秦昭王即位时年龄很小，魏冉在秦国独揽大权多年，曾经四次为相。魏冉起用名将白起，连续攻打韩、魏、齐、楚等国，占领了上百座城邑，扩大了秦国的疆域，为秦朝统一中国奠定了基础。公元前295年，秦昭王将穰地赐封与他，称其穰侯，后又增加封地陶邑。魏冉的客卿劝说魏冉，秦王把陶地封给他，就是要以此控制天下。如果以此攻打齐国成功，陶就可比万乘大国。公元前271年，时任相国的穰侯魏冉把攻取的齐国之地纳入自己的封地，引起了秦昭王的不满。魏人范雎借机向秦昭王进谏，提出削弱"四贵"（穰侯、华阳君、高陵君、泾阳君）权力的主张。一心要亲政的秦昭王就免掉了魏冉的相国之职，让他迁出国都，到封地陶邑安家。据说，魏冉富得胜过王室，他出京师至封地时，运送东西的马车有上千辆。魏冉到了定陶以后，始终没能从对权势的渴望中解脱出来，于忧愁郁闷中死去，葬在陶邑龙脉之地，后形成一个高大的墓葬堌堆，即安陵堌堆。

4. 秦王避暑洞

汉昌邑王的"烂尾墓"

秦王避暑洞位于巨野金山南麓。金山是巨野县核桃园镇内一座小石头山，位于汉昌邑国故城遗址附近，因汉朝时有人凿石获金而得名。

相传，秦始皇统一六国后，地方官员为迎接秦始皇东巡，在金山建造了一处驻跸行宫，称为秦皇避暑洞。还有一说，唐朝时，秦王李世民带兵征战山东，曾在此歇兵避暑，所以称为秦王避暑洞。

秦王避暑洞

据考证，秦王避暑洞大约开凿于西汉中期，劈山凿成，由明道、侧室、甬道、耳室、主室等九部分组成，后人称为"金山崖墓"，实际上这是在位仅仅二十七天的汉废帝刘贺的废冢。"烂尾"的原因很简单，墓主人昌邑王刘贺在不到一个月的时间里，犹如过山车，人生大起大落。

公元前74年春，汉武帝之子、年幼的汉昭帝刘弗陵因病驾崩，身后无子。当时，在武帝的六个儿子中，唯有第四子广陵王刘胥还活着，当时来看帝位非他莫属。但大将军霍光提出反对意见，认为早在武帝时便已将刘胥排除在帝位继承人选之外。广陵王刘胥行事离谱，时常赤膊同狗熊、野猪等搏斗，与帝王的风范格格不入。这样一来，刘胥与皇位擦肩而过。

天上也会掉馅饼，好事砸到了昌邑王刘贺头上。最终，在朝廷大臣们商议之下，决定将刘贺召入宫。刘贺一路飞奔，到长安接受帝玺。

然而令人意想不到的是，在短短的二十七天之后，刘贺便被权臣霍光废掉，理由是他不务正业，做下了一千多件不符合礼制的事。很快，刘贺被褫夺皇帝名号，被贬回了老家昌邑。后来，汉宣帝又把刘贺由昌邑王贬为海昏侯，由巨野昌邑改封到豫章郡海昏县，甚至不允许其进入祖宗庙堂参与祭拜，刘贺此时体会到，落水的凤凰不如鸡。

从规格上来看，"金山崖墓"是一座封王级别的墓穴。也就是说，在刘贺为昌邑王时，他便已经开始修建自己的大墓，准备以此地作为自己百年后的福地。然而世事多变，随着刘贺本人身世的改变，金山崖墓随即荒废，成了一处"烂尾墓"，埋没于历史的黄沙之中。

金山崖墓开凿工整，借助于大自然的鬼斧神工，由正面和明道两侧石壁上，凸显出峰仞之坚劲。时至今日，金山崖墓石壁上尚存有宋朝以来的刻石四十多块，其中年号清晰者有二十七块。石刻文字主要以题记、记事居多，同时亦有散文、歌赋等，不一而足。石刻诗文的书法，虽无历代大家名硕，却也都出于当地朝野名士和地方名流之手，别具一格。

2015 年，江西南昌海昏侯墓被发掘，墓中出土的大量青铜器，大多镂刻有昌邑国铭文，还有书"昌邑九年""昌邑十一年"文字的简书和漆器，都可佐证墓中文物为原昌邑国运来之物。另外，墓中出土的皇家玉瑗、仪仗器、仪仗杆等多为刘贺从昌邑国带去的。

刘贺有两个封地，从巨野昌邑到江西南昌邑，可以看出离开故乡的刘贺一直心系昌邑故国，渴望有一天重新做回昌邑王，但这一切都是不可能的。不知昌邑王有没有想起过他的"烂尾墓"。

5. 定陶恭皇陵
"黄肠题凑"大墓

2010 年，考古人员对定陶一被盗古墓进行抢救性发掘，出土的西汉"黄肠题凑"大墓，震惊考古界。

古墓葬位于菏泽市定陶区马集镇大李家村西北约两千米处，是全国目前发现规模最大、保存最好、规格最高的大型"黄肠题凑"墓葬，被列入2012年度中国考古"十大发现"，2013年，被列为全国重点文物保护单位。

这是西汉哪位封王的墓呢？

据史书记载，汉元帝时，长子刘骜被立为太子，他的另一个儿子刘康被封为定陶王。汉成帝刘骜即位后，为酒色所困，没有儿子。他的弟弟定陶王刘康英年早逝，葬在了定陶，刘康三岁多的儿子刘欣继承了定陶王位。由于读书多，懂礼仪和表现出色，刘欣回定陶封地后不久，就被召回京城，立为太子。公元前7年，汉成帝因病去世,刘欣继位，史称汉哀帝。

墓主人扑朔迷离的定陶汉墓

刘欣即位后，他的父亲刘康被追谥为定陶恭皇，他的墓地改为定陶恭皇陵。

这座墓是刘康的吗? 不一定!

刘欣生于定陶，能够成为太子而即位，得益于其祖母傅太后，也就是刘康的生母。傅太后性格要强，有心机。儿子刘康早亡，她把希望寄于孙子刘欣身上，更重要的是，王太后王政君的儿子成为皇帝，却没有孙子接班。她私下买通汉成帝的红人赵飞燕姐妹和权臣王根，刘欣成了太子。刘欣当上皇帝后，傅太后地位更尊贵了，她随孙子到京城，嘲笑和压制王太后家族。王太后的侄子王莽因此失去了辅政的资格。汉哀帝对傅太后和母亲丁妃两个家族很信任，很放纵。

哀帝登基后，节俭勤政，轻徭薄役，玩起了新政，他想干一番事业。然而，他的新政遭到权贵们的极力反对，没能推行下去，最终不了了之。仅仅做了不到七年的皇帝，哀帝就一命呜呼了。

哀帝也没有后代，在位时傅太后、丁太后双双去世。傅太后埋葬在汉皇陵，丁太后埋葬在定陶恭皇陵。他去世后，王莽把持朝政。

王莽立九岁的刘衎为帝，开始了他的篡权时代，他向太皇太后陈奏，丁姬只是王妃，当年刘欣用皇太后的规格厚葬她，属于僭越礼制，建议发掘傅太后、丁太后的墓冢，剥夺她们的玺绶，重以妃子礼埋葬她们。史书记载，挖掘傅太后墓时倒塌，压死数百人。丁太后的坟墓掘开后，曾燃起四五丈高的大火，把墓室内的东西全部烧了。

当地居民说，在定陶恭皇陵区有三座汉墓，呈三角形布局，东面的一座 1999 年已发掘，为石头砌墓，内有非常明显的焚烧痕迹。南面的一座也为石头砌墓，未开挖。黄肠题凑大墓在西面，这座皇家汉墓，墓室内部规格极高，采用大量珍贵木材，结构复杂，制作精良，发掘中尚未找到证明墓主人的东西，暂时不能确定到底墓主人是谁。

后来，在原本空空如也的墓室内地板下发现一竹筒，内盛一件缝有玉璧的汉代丝质长袍。初步判断这件丝织品为女性服饰，由此有人就判定大墓的主人是西汉哀帝的母亲丁太后。

还有一说，刘康小时候就被汉元帝宠爱，成长后多才多艺，懂得音乐声律，皇上很器重他。汉成帝刘骜即位后，根据先帝的意愿，更厚待弟弟刘康，并把刘康之子刘欣立为太子。汉哀帝刘欣即位后，追尊刘康为恭皇，在京师设置祖庙，排列昭穆次序，礼仪犹如天子。因此，也有人认为"黄肠题凑"大墓为汉恭皇刘康葬地。

（四）名胜撷英

1. 孙膑旅游城

义城寺旁的羊、左墓

1994年，台湾一位叫天机的法师，曾经在大陆许下宏愿。等愿望实现以后，他来还愿的时候，却找不到自己当初所说的还愿的地方。

法师坐上飞机想要离开，无意间打开中国地图，看到一个让他心动的地方，鄄城。鄄，西方乐土大耳佛，这不是佛祖让我在此静听佛经的地方吗？后又经考察，发现离这里不远处就是佛教临济禅宗的发源地，而且还是孙膑的故里。于是决定在此还愿，投资重建义城寺。

义城寺名字的由来与孙膑有关。战国时期著名的军事家孙膑功成名就之后，回到了故里鄄城老家。为了接待前来拜访、求学的客人，他在老家村北建驿站一所。后在此居住的人员增多，改名为驿城。北齐皇建元年（560）在驿城建佛寺一座，取名为亿城寺。后来亿城寺坍塌。民间传说有荆轲和羊角哀、左伯桃都葬于这里，还有羊、左二人魂魄合力斗荆轲的故事，村民在荒庙旁覆土修士羊角哀、左伯桃合葬墓。亿城寺再次重建时，就改名为义城寺了。

羊、左斗荆轲的故事被录入《拍案惊奇》一书中，讲的是发生在鄄城义城寺旁的故事。

冀州二贤士左伯桃和羊角哀一同前往楚国求官。天不遂人愿，途中下起了鹅毛大雪。天寒地冻，两人困在半路，盘缠用尽，饥寒交加。左伯桃冻得受不了，想到两人再走下去，不是被冻死，就会被活活饿死。于是想把自己的衣服和干粮都给羊角哀，让他一个人去楚国求取功名。羊角哀不同意，搀扶着左伯桃前行。走了不到十里，来到鄄邑，羊角哀将左伯桃扶到一棵高大的枯树下歇息，自己去找柴火。半个时辰以后，羊角哀抱着一堆柴火回来，发现左伯桃已经被冻死，一旁整整齐齐地放着他的外衣和干粮，还用树枝在地上写下了几句话，意思是让羊角哀把自己埋葬了，一人前去楚国。

羊角哀埋葬了左伯桃，取了衣服、干粮，独自前去楚国。羊角哀到了楚国后，见到了楚王。羊角哀与楚王谈及富国强兵之道。楚王被他的才能折服，封他为中大夫，赏黄金百两，彩缎百匹。羊角哀拜谢，痛哭流涕，伏地不起。楚王惊问原因，羊角哀把左伯桃脱衣让粮之事讲了一遍，楚王大为感动，追赠已死的左伯桃为中大夫，派人随羊角哀同去祭奠左伯桃。

羊角哀找到那棵枯树，厚葬了左伯桃。这天夜里，羊角哀面对烛火回首往事，不知不觉睡着了。左伯桃托梦给他说，兄弟为我选的这块坟地旁边住着荆轲，他太霸道了，说我抢了他的风水，每天来欺负我，他是有名的刺客，我打不过他，所以求羊角哀把自己的墓挪远些。

羊角哀醒来，召集村民询问，得知荆轲墓果然在附近，墓前还有个庙。羊角哀跑到荆轲庙里怒斥荆轲。当天晚上，左伯桃又托梦说荆轲还是欺负自己，要羊角哀给他多烧点纸钱。羊角哀一听，火冒三丈，大怒道，荆轲一介匹夫，刺秦失败，导致亡国，做了阴鬼还敢欺负我兄长，我岂能善罢甘休!

第二天，羊角哀在荆轲庙中写信与楚王告别。夜晚，他让人挖开羊角哀的墓，跳进墓葬中，自刎而死。这天深夜，风雨大作，雷电交加，坟墓突然炸开，羊角哀、左伯桃和荆轲激战声传出几十里。天亮后，人们发现墓周围白骨满地。荆轲庙也倒塌了。

后人被两人的义气所感动，重修了羊角哀、左伯桃合葬墓，该墓现在孙膑旅游城内，是景区的一处主要景点。2015年，被列为山东省省级文物保护单位。

孙膑旅游城位于鄄城县西北，北临吉山河，西南临向阳河，景区占地约一千亩地，划分为孙膑纪念区、佛教文化区和园林游览区，内有孙膑纪念馆、孙膑墓、佛塔、孙膑书院等景观。旅游城现为国家 AAAA 级旅游景区，也是山东省最具特色的

孙膑纪念馆

影视拍摄基地。

2. 水浒好汉城

郓城有条"北宋街"

"该出手时就出手，风风火火闯九州……"每当大家听到这首耳熟能详的《好汉歌》时，就会联想到梁山一百单八将替天行道的故事。梁山水浒英雄的故事流传广泛，经久不衰，备受世人称道，山东省郓城县就有一座占地面积六百余亩的水浒好汉城，国家 AAAA 级旅游景区，有三十六院落、七十二景观、一百零八个景点。景区内有"仿宋一条街"，包括复原的宋宅、忠义楼、郓城县衙、贡院、乌龙院、孙二娘客栈、晁家庄等古代建筑群，与宋江武校的武术教学、狗娃艺术团的舞蹈及水浒情景剧有机融为一体，堪称水浒文化博物馆。

郓城是《水浒传》中宋江、吴用、晁盖等主要人物的家乡，是水浒故事的发祥地，素有"水浒一百单八将，七十二名在郓城"之说。

"水浒好汉城"大门

北宋末年，郓城人晁盖、吴用等人劫取生辰纲，逃往水泊梁山。在郓城县衙做押司的宋江，不但有文采，而且勇猛强悍，善结交朋友，常常仗义疏财，扶弱抑强，人称"及时雨"。因命案弃官也逃亡梁山泊，他们又联络结交三十六个江湖人士，在梁山泊设营扎寨，聚众起义。此后，他们光顾山东、河北等地的十多个郡县劫富济贫，四处飘忽出击。在数万官军的围剿下，最后被招安。水浒好汉城里的仿宋一条街，主要展现了晁盖和宋江起义上梁山的经过，以及宋朝官衙和平常百姓的生活。这条街上，还汇集了当地大量非物质文化遗产项目。

水浒好汉城是山东省十大旅游目的地品牌之一，也是"水浒故里"的核心景区和源头景区。

3. 曹州古城

明代外圆内方的城市规划

曹州始设于北周宣政元年（578）。由于黄河泛滥，曹州城不断迁徙。近年来重修的曹州古城和菏泽环城公园，是在明朝正统年间修建的旧城址基础上建的。

公元1446年，曹县知县范希正升任曹州知州，他上任后做的第一件事，就是在曹县县城北一百里地的乘氏县旧城新修曹州城。范希正带领人员现场勘察，当时，历经战乱和洪水的乘氏城，残垣倒壁，街道凋零，荒草丛生，狐兔出没，沼泽遍地，几成废墟。他勾画了一个外圆内方的城市概念，在此范围内划方隅，定民居，立廨舍，构儒学，修街道，挖城堑，为菏泽古城的发展建设奠定了基础。

为解决城市居民问题，范希正以州府的名义发布文告，号召曹州外流人员回乡安家立业，劝募富人拿出粮食帮助他们度日。曹州编户迅速由原来的二十九里增加到七十四里。在人口增加、生产发展的基础上，他建立学宫，并广招学员，培养人才和师资。第一次就招收廪膳生员、增广生员，以及附生、武生一百二十多名。接着范希正又指令在菏泽城内和乡间人办社学和私塾，发展农村教育事业，农闲时令让农民子弟入学。这时菏泽的社学发展很快，几年内发展到三十九处。在社学的带动下，农村私塾也迅速发展，村村都有读书声。

范希正在任职期间，清正廉明，民受其惠，世风改观。一次，他入京办事，士民争持银两、绸缎相赠。他均婉言谢绝，固辞不受。有一叫陈彬的里长，夜间去拜访范希正，见他独坐，将怀中一封银子放在地上，转身跑出厅堂。范希正收起银子，次日早晨派人寻找陈彬，陈彬不敢来见。范希正就派人找来陈彬的父亲，将银子还给他。士民闻知，都把范希正的"却金"

新修建的曹州古城城楼

和东汉廉吏杨震的"四知"相提并论。

明成化二年（1466），曹州城正式竣工，历时二十年。当时的曹州城有四座城门，东门取名宜春门，南门取名迎薰门，西门取名丰乐门，北门取名朝天门。后来，曹州城又历经多次缮修和增建，加高了城墙，拓宽了护城河，城墙的四角增建了敌台等，最终形成典型的"外圆内方"形状：方形城市框架，内有七十二道街、七十二口井、七十二个坑塘；圆形是护城河，周长十二里。

1938 到 1949 年的十多年间，在战乱中曹州城城墙屡拆屡建，几经废圮，最终在新中国成立前全部被拆除，只留下夯土的城墙墙基。2020 年，菏泽市启动建设曹州老城保护性开发，围绕历史文化、城市活力、临水生态"三大板块"，精心规划布局了多个古城古貌项目。

4. 曹县万亩荷塘

白花河美丽的传说

1855 年，黄河在兰考铜瓦厢决口，结束了数百年夺淮入海的局面，形成了现河道。原来的河道就成了现在我们说的黄河故道。这条黄河故道有的已经成了肥沃的良田，有的成了人们喜欢游玩的湿地。在曹县魏湾镇，万亩荷塘风景区就是黄河留下的杰作。

万亩荷塘现在的水源来自白花河。白花河是流经曹县的一条主要河流，上游在河南省兰考县，叫吴河。从曹县楼庄乡北部的老谢集进入曹县境地，穿过魏湾镇，是魏湾镇的主要水源。说起白花河名字的来历，还有一段凄美的故事传说。

传说在北宋年间，这条河和赵王河、大运河是连通的，为东方直通首都汴梁的重要水上航道。有一年，在莲花盛开的季节，皇帝带着一群随从，乘着豪华龙舟出游。他们顺流而下，来到今天曹县魏湾这个地方。由于魏湾地势低洼，河流在此形成一个很大的湖泊。湖里长满了莲藕，白色的莲花一望无际，清风徐来，莲香阵阵，众人都陶醉在这鲜花美景之中。

突然，皇帝发现在不远处的莲花丛中有一白衣女子，正坐在大木盆里采莲花，皇上马上命令移舟近前。只见那女子有十七八岁，身着一件白纱衣，乌黑的发际插着一朵白莲花，一双纤手轻盈地在花间舞动，更见女子明眸皓齿，一笑百媚。皇帝被少女的美貌惊呆了，连忙传旨，命这女子上龙舟见驾。

原来这女子名叫荷花，是附近村中一白姓人家的独生女儿，正待字闺中。皇帝闻听喜从天降，就要带荷花回京城。荷花说去京城可以，但必须答应一个条件。皇帝忙问什么条件。荷花说："每年荷花盛开的时候，要回家乡看望父母及乡亲，如不答应，就投河而死。"皇帝一听也不是什么难办的事情，就爽快地答应了。

荷花跟着皇帝到了京城。谁知，不长时间荷花便被冷落，关在后宫，整日以泪洗面。她渴望有一天回到家乡，回到那鲜花盛开的湖中，享受无忧无虑的幸福生活。但她见不到皇帝，又无人替她传话，最后忧郁成疾，不幸死于宫中。

第二年，荷花盛开的季节又到了，家人们都盼望荷花回来，但等了一天又一天，就是不见荷花的踪影。忽然，人们发现满湖的荷花都枯萎了。一天，有人看到荷花乘着龙舟回来了，只见荷花全身素衣素服，鬓插

曹县魏湾万亩荷塘

两朵白莲花，与走时一模一样，只是任凭家人呼喊就是不答话。荷花不停地向湖中抛撒白色的荷花，人们跟在龙舟后边，希望龙舟停下来，跟荷花说说话。但龙舟就是不停，在湖中转一周，又驶向河道，所经之处，河面都漂满了白荷花，龙舟驶到曹县的边界倏忽不见了。人们这才明白过来，原来是荷花思念家乡，思念荷花，她的灵魂回来了。第二年，湖里、河里长出无数的莲藕，莲花盛开时，几十里的河道一片白荷花，花香随风飘荡数里，人们知道这湖里的白荷花是荷花姑娘的精灵。为了纪念这位可爱的姑娘，当地人就把这条河称为白花河。后来，黄河决口改道，白花河被黄河吞没。咸丰年间黄河北移，白花河又恢复了往日的风光。

根据这个传说，近年来人们在风景区修建了荷花亭，雕塑了荷花仙子。如今，每到花开时节，成千上万的游客前来观光游览，魏湾万亩荷塘已成为曹县旅游的亮点。这里出产的莲藕具有香、脆、甜、嫩等特点，生、熟皆可食用，远销周边几十个市县，成为当地的名优特产。

5. 浮龙湖

老子勘井

浮龙湖，位于山东省菏泽市单县境内，是明朝黄河决口冲击而形成的平原湖泊，面积五十平方公里，由浮龙湖、月亮湾两部分组成，常年水波荡漾，鸥鸟翔集，有"江北西湖，故道明珠"的美誉，是国家 AAAA 级旅游风景区、国家水利风景区。

传说很久以前，孟诸泽与东海相通，泽中有龙潭。这里风景宜人，每年七八月，东海龙王都要率虾兵蟹将来此居住。遇到大旱，只要当地官员求雨，龙王就浮于湖上吞云吐雾，顿时狂风大作，雷电交加，大雨倾盆，后人又称这里为浮龙湖。

在浮龙湖南岸有一老君庙，庙西北角之高埠处有一"玄井"，为老子所勘。相传春秋时，老子骑青牛去昆仑山传道路过此地。当时正值酷暑，烈日炎炎，正当口渴难耐之时，忽见此处花草繁茂，露珠晶莹。老子感到很奇怪，就骑着青牛绕土丘一圈勘察地理，蓦然发现此处属阳中之阴，位居太极正中，乃整个浮龙湖水脉精华之聚所。难怪烈日之下草润花荣，露珠晶莹！于是，老子即刻召集当地居民挖土掘井，不大一会儿便有清泉喷涌而出。青牛口渴，牛头伸入井内，井中水位骤升，几乎溢出井口。众人皆感到奇怪，称它为"怪井"。后来有人在此建道观，将此井改名"玄井"。

浮龙湖周边很多村民都是喝玄井里的水长大的，他们说这个"玄井"真是"玄之又玄"。不论多少人提水，井里的水从没干涸过。有一年天下大旱，浮龙湖都干裂了，老君十八寨的几千民众和牲畜都来挑用玄井中的水，而且村里还用井水抗旱灌溉，但井水水位一点也不见下降。

6. 百寿坊与百狮坊

县令敲铜锣

在单县北牌坊街，有一处牌坊广场。广场上有两个国家级重点保护文物，即百寿坊和百狮坊。百狮坊，被誉为"天下第一坊"，乾隆四十三年（1778），朝廷为文林郎张朴妻朱氏所建造，因其夹柱精雕一百个姿态各异的石狮子而得名，寓有"百事（狮）如意，百世（狮）多寿（兽）"之意。另一侧牌坊为百寿坊，又名朱家牌坊，因其刻石上环雕近百个变形篆体"寿"字而得名。百寿坊比百狮坊立得早，为乾隆三十年（1765）为翰林孔目朱叔琪妾孔氏所建造。

朱家曾为清代单县第一大家族，有土地二十多万亩，自称出城巡游数千里，车不轧外姓地，靴不沾他姓泥。下面说一个百寿坊的故事：县令为"死土鳖子"敲铜锣。

乾隆年间，朱家公子朱叔琪凭祖荫财富，入选翰林院任孔目，因妻子病逝，继娶了曲阜阙里孔家姑娘。孔家为了显示门第高贵，提出彩礼要朱家一步一个元宝从单县摆到曲阜，朱家毫不含糊答应下来。朱家为显示富有，娶亲时更是用双趟元宝摆到了曲阜。孔家小姐年轻貌美、温良典雅、知书达礼，之所以屈身下嫁给位卑官小的朱叔琪做续房，原因是孔小姐是个残疾，长了一只"鹅掌蹼"，手指展不开。两人虽然年龄悬殊，但孔氏慕朱叔琪道德高尚、满腹经纶，又是一表人才，倒也夫唱妇和。孔氏嫁到朱家后不到十年，朱叔琪就病逝了。

刚刚才二十六岁的孔氏，求单县知县为丈夫出殡"点主"（一种由当地显赫之人在丧主名字上面点红点的丧葬仪式）。知县平时就对朱叔琪不屑。一是嫌他位卑品低，家产虽然多，但出手抠搜，是个"土鳖子"财主；二是嫌他平时清高，既不送礼买账，还时不时教导他为官之道。知县早就想整治整治朱家。现在朱叔琪死了，这事他岂能答应！

一怒之下，孔氏乘车去曲阜求助娘家侄儿衍圣公孔宪培。孔氏将前因后果说了一遍，衍圣公原对姑母下嫁单县颇为不悦，现看登门求助，忽发恻隐之心，答应孔氏去单县"点主"。

衍圣公亲自到单县来吊唁。但见旗牌猎猎，锣鼓阵阵，刀枪耀眼。随同衍圣公来的还有三位总兵，他们分别带了数千人马一起到了单县，从单县城到十里铺十余里的大路上尽是前来吊唁的兵马，井水被喝干了几眼。朱家也不含糊，城内的饭馆全被包下来，方圆十几里的馍店都给朱家送馒头。

单县县令拜见衍圣公，衍圣公让他在朱叔琪出殡时在前面敲铜锣开道，丢阴间纸钱。县令不敢得罪衍圣公，只好照办。县令掂起铜锣，拿起鼓槌，走几步，敲一下，撒些纸钱，走几步，再敲一下，再撒些纸钱。一路上人

单县城内的百寿坊

山人海，从县城到朱家老坟二三里，县令出尽了洋相。在当地，这可是叫花子才干的活！事后县令无奈地说："土鳖子大了也咬人啊！"

遵守那个年代的礼节，孔氏谨守妇道，守寡几十年，最终将儿子朱春抚养成人。死后，朱家和孔家奏明朝廷，乾隆降旨建"敕褒节孝坊"，皇四子履郡王也赠诗一首，都镌刻在了牌坊额枋上。朱家请当地知名的石匠雕制了这个精美的百寿坊。

7. 东明黄河国家湿地公园
从"东昏"到"东明"

在黄河入鲁第一乡、菏泽市东明县焦园乡，有一处黄河国家湿地公园。独特的湿地生态系统使得这里水草植被丰茂，野生鸟类云集。这处公园在东明之北，又在东明之南，见证了东明从"东昏"到"东明"的历史变革。

据考证，这里四五千年前就有人类居住。战国时期，这里属卫国地。卫国灭亡后，归属于魏国。秦始皇建立秦朝做了皇帝以后，一门心思想长生不老，永远掌管天下。他听信术士的话，不断地东巡寻找长生不老药和镇压"天子气"。公元前219年，秦始皇开始了第一次东巡，以示威六国。这次巡游，秦始皇经过户牖这个地方的时候，突然雾霾弥漫，看不清道路。秦始皇认为雾气腾腾的天气才适宜于龙腾于野，于是就把户牖改名为东昏，并开始在东昏以东搜捕不安分子。刘邦所在的丰沛恰好就在东昏之东。始建国元年（9），王莽认为"昏"不吉利，把东昏改成了东明，此为东明地名之由来。东汉建武元年（25），刘秀改东明县为东昏县，属兖州陈留郡。金兴定二年（1218），为避河患，东明县城北迁至宛亭故地（今东明集镇）。这块湿地与东明的位置就此发生了变化。黄河频繁的决口，此泥沙淤积，东昏故城遗址已难觅寻。明洪武元年（1368），东明城又迁至云台集（今东明县城西）。弘治三年（1490），东明县迁到了大单集置，为今天县城驻地。

东明黄河国家湿地公园，这块湿地千百年来一直受黄河的影响，也见证了东明的变迁。

8. 文亭湖

曾子与"三冉"文亭会文

文亭湖是成武县的名片，碧水蓝天，群鸟翔集，芦苇婆娑，是非常美丽的一个地方。

文亭湖位于成武县城西堤内，湖中有座土山叫云亭山，相传战国初曾子与"三冉"（冉雍、冉耕、冉求）曾在这里会文，留下佳话。

有一天，曾子与冉雍、冉耕、冉求相约，四人在文亭湖里的一个亭子内吟诗会文。

四人在亭子内落座，看着破旧的亭子，曾子首先说："今天我们猜谜，对不上的请喝酒。""三冉"欣然同意。

曾子说："请各位听好了。我有一间房，半间租给转轮王，巨轮响，线放长，曲歪扭斜一扫光。"曾子说完，看看冉氏三人，没有应他的。

他问冉雍。冉雍说："我用一只船，一人摇橹一人拉纤，去时拉纤，归时摇橹还。"

曾子又问冉耕。冉耕说："我用车一架，独轮单线拉，线梁千条画，细刻万朵花。"

曾子又问冉求。冉求微微一笑："我有一张琴，琴弦只一根，为君手拨动，线谱传佳音。"

四人对视，同时大笑起来，原来他们的谜底一样，都是木匠用的"墨斗"。

当地传说，文亭湖的来历很有讲究。汉高祖刘邦当年曾驻跸文亭山，上有五色云笼罩，因此文亭山就被称作"云亭山"了。成武地势低洼，历史上受黄河决口影响，县城几度成为沼泽地。为防水患，宋、明、清三代，几次大规模加固城堤、修筑城墙。从而使堤内、外落差达三米，护城墙和护城堤之间形成了近万亩的大湖，号称万亩城湖，依据文亭山之名，当地人称之为文亭湖。近些年，成武县加大了对文亭湖的清理改造力度，这里成了一处市民休闲的好场地。特别是湖中心的一处小岛，常年有成千上万只飞鸟聚集，成为一道亮丽的风景。

9.夏莲居纪念馆

偷驴当兵

在郓城一中老校区的东侧，有一处非常古朴的庭院式建筑夏莲居纪念馆，馆名由全国人大常委会原副委员长何鲁丽题写，馆内陈列的是民族英雄夏辛酉及其子夏莲居的遗物。

清道光二十三年（1843），夏辛酉出生于郓城县夏庄一个平民之家，其父夏仰之以鬻豆腐为生。成年后，夏辛酉长得高大威猛。同治初年，僧格林沁在山东、河南、安徽一带征讨捻军，夏辛酉想到曹州投军，可是没有路费。在郓城县城北关，有一在外地做官的郭姓人家，在院子内拴了一头驴子，任人使用。夏辛酉跳进院子把驴子偷走，不幸被郭家人抓住，捆在了驴桩上痛打。后来，驴子主人的弟弟得讯，问清了情况，释放了夏辛酉，还赠送给他路费。夏辛酉因此得以参兵，跟随僧格林沁讨伐捻军。在随营各地征战中，他很快就以胆识过人、骁勇善战而闻名，被僧格林沁称为壮士。僧格林沁战死后，夏辛酉又投奔左宗棠，随军进驻陕西，征战二十余年，多次充当先锋，身经大小数百战，立战功升任守备，深得左宗棠赏识。同治元年（1862），在西北颇有名望的伊斯兰教头目马化龙在宁夏金积堡发动暴乱，很快被安抚，不久又反叛。1869年，左宗棠率部从陕西怀远、静边进入甘肃省宁夏府金积堡，与马化龙激战，夏辛酉身受重伤，经包扎后，与敌力战，被称为"骁果"。1871年，歼灭了马化龙父子。回匪白彦虎部占据兰州府、西宁府、凉州府、甘州府等地。次年，左宗棠率部向西追击，在进击肃州府的路上，夏辛酉任一部前锋，先后拔掉塔尔湾、黄草坝等地，关内大定，经过数战升迁至游击。

清光绪元年（1875），清政府任命左宗棠为钦差大臣，督办新疆军务。夏辛酉作为左宗棠的先头部队将领，受命收复被阿古柏占领的新疆部分地区。夏辛酉针对阿古柏军的特点，多次设伏其必经之地，近战肉搏攻击，取得伏击的胜利。次年，受左宗棠之命，夏辛酉部出嘉峪关后，沿玉门、安西、哈密、古城一线，直下阜康，先后攻克了乌鲁木齐、阿克苏等重镇，玛纳斯城一战，夏辛酉立有赫赫战功。在进攻玛纳斯城时，先锋官张曜不慎被敌俘去。夏辛酉当机立断，组织了五百人的敢死队去劫营。在劫营的路上，敢死队队员逃跑殆尽，及至玛纳斯城下时，只剩下十人。夏辛酉说："不入虎穴，焉得虎子。我们既然来到城下，就得看个明白。"他们用人梯登城，制服了守城、看守人员，然后穿着敌人号衣，到敌军营大帐中，巧妙地救出了张曜。这一行动，突显了夏辛酉的勇敢机智和英雄胆略。光绪四年（1878），夏辛酉被新疆首任巡抚刘锦堂委以重任，带领马队、刀矛队进军南疆。他发挥马队机动灵活的优势，奇袭作战，收复多地，歼灭匪首多名。

平定新疆后，夏辛酉于光绪九年（1883）乞假省亲，隐居老家郓城西夏庄村。其间，看望了当年赠送自己路费的郭氏人家。在乡里，夏辛酉依然纯谨谦逊，为人诚朴寡言，生活朴素，热心乡间琐事，居功而不自傲，也不去县城与官府来往。乡人都不知其曾立有赫赫战功。

光绪二十年（1894），甲午战争失利后，刘公岛、旅顺、威海卫相继失陷，登州形势岌岌可危。山东巡抚李秉衡保举夏辛酉守登州，任提督水师。日寇知夏辛酉到任，昼夜环攻，城内房屋多被毁，人心惶恐。夏辛酉亲到阵地前沿，查看敌情，安抚人心。他严明军纪，根据倭寇的进攻特点，部署阵法，采取攻敌不备、出奇制胜的策略，命人修建炮台，训练士卒，抢修战船，加强边境防务。次年日寇数艘战船侵犯海岸，夏辛酉率军迎战，击沉日船一艘、击伤二艘，其余日船抱头鼠窜。夏辛酉在登州督师抗击日寇，曾率师多次打退日舰对登州的进犯。1907年，奉命驻守曹州，后又办理长江防务。次年，病故于巨野，清廷将其生平事迹交付史馆立传，并在其立功地点建立专祠。

夏莲居纪念馆侧门

四

一都四乡

菏泽，一座被非物质文化遗产深深影响的城市，是山东省内国家级非遗项目数量最多的城市。截至 2022 年年底，全市国家级非遗项目三十二项，省级非遗项目一百一十二项。菏泽素有中国牡丹之都、戏剧之乡、书画之乡、武术之乡、民间艺术之乡"一都四乡"的美称，文化底蕴深厚，构成了文化联袂发展的新格局。

　　当走在曹州牡丹园，可见牡丹仙子在向人们讲述千年的爱情故事；当走在鄄城，尧舜传说让我们知道脚下站立的地方就是民族之根、文化祖脉之所在；当走在定陶，可知弃官后的范蠡与美人西施在这里安居，其德为世人所尊崇；当走在乡间，一个个方寸舞台传唱着历久不衰的戏曲，如两家弦、柳子戏、山东梆子等，非遗传承人在吹拉弹唱中形成了菏泽乡间独有的韵律；当走在牡丹区穆李村，民间艺人手中活灵活现的面人会把你带入童年的记忆；当走到巨野，会惊奇地发现这里的农民，不仅会种地，他们的双手也可以把牡丹画得十分美丽精细，工笔画代表中国走向世界各地。这是一处古老的城郭，也是一座崭新的城市。这里的非遗代表着辉煌的历史，也礼赞着新时代发展的奇迹。

（一）国色天香

1. 仙子葛巾

《聊斋》里的菏泽牡丹

菏泽人喜欢种牡丹、赏牡丹、品牡丹、咏牡丹、画牡丹，一园牡丹满城飘香，牡丹成为这个城市的血脉和精神气质，千百年来流传的牡丹传说又为这个城市平添了浪漫气息。牡丹雍容华贵，人们总是将牡丹幻化为美丽善良的仙子，她们或扶危济困，或忠于爱情，或知恩图报。你可知，《聊斋志异》中的葛巾，就是曹州的牡丹仙子。

洛阳人常大用癖好牡丹，听说曹州牡丹有甲于齐鲁的盛名，就慕名来到曹州这名花胜地。早春二月，牡丹尚未开放。常大用身上的盘缠即将用尽，他心想，就是典当了衣服也要等花开。终于等到了花开季节，常大用一早就来到了牡丹园，清晨的牡丹园清风浮动、花香四溢，满园的牡

曹州牡丹园内的《牡丹仙子》雕像

丹竞相开放。常大用正沉浸在这国色天香的美景之时，忽然抬头看到一个云鬟娥眉、雪肤花貌、百媚千娇的女子，真就一见钟情，回店后便相思成疾，憔悴不堪。

再说那牡丹葛巾，被他的痴情感动，决定派一位老婆婆去试探他。这天深夜，老婆婆见常大用还没有休息，便走进他的房间，捧着一杯子说："那天你见的是我家娘子葛巾，她知道你病入膏肓，让我送来毒药，要你赶快喝了。"常大用听了非常害怕，随后就说："我与娘子从来没有什么怨仇，何至于赐我死呢！"不过转念一想，又道："既然是娘子亲手调的，与其相思得病，不如服毒死了好！"于是接过杯子就喝了下去。常大用只觉得药味又凉又香，过了一会儿，便酣然入睡。一觉醒来，胸中宽松舒畅，头脑清爽，常大用的病便全好了。

常大用敢于为爱赴死的胆量最终感动了牡丹仙子葛巾，葛巾离开菏泽去洛阳与常大用结了婚，之后又将自己的妹妹玉版嫁给了常大用的弟弟大器。兄弟俩都娶了个漂亮媳妇，家境也一天天富裕起来。两年以后，姐妹俩各生了个孩子，葛巾这才自己透露说："我家姓魏，母亲被封为曹国夫人。"常大用对葛巾的身世起了疑心，借口有事又去了曹州，并仍旧借住在旧房东家，看见墙壁上有赠曹国夫人的诗，主人告诉他曹国夫人指的是一棵和房檐一样高的葛巾紫牡丹。常大用听后怀疑自己的妻子就是花妖。

回到家后，常大用故意向葛巾谈及赠曹国夫人的诗。葛巾听了，立刻皱起眉头，变了脸色，猛然走出房门，让玉版把孩子抱来，对常大用说："三年前，我因你对我的思念嫁给你，如今你猜疑我，怎么能够再在一起生活！"葛巾和玉版一起举起孩子远远地抛出去，孩子落在地上一下子不见了，两个女子也消失了。常大用悔恨不已。几天后，孩子落地的地方长出两棵牡丹，一夜间就长到一尺多高。当年就开了花，一棵紫的，一棵白的，花朵大得像盘子，比平常的葛巾、玉版花瓣繁茂得多。

常大用爱人生疑、葛巾敢爱敢恨的故事一直到今天都令人唏嘘不已。

2. 楼台牡丹

曹州花师技压群雄

曹州牡丹甲天下。曹州牡丹花大、色艳、型美，枝挺拔有致、叶繁茂多姿、花雍容华贵，被誉为观赏牡丹之上品。牡丹娇艳的背后离不开花师的精心培育和开拓创新。早在隋朝时期，曹州花师就用一株楼台牡丹技压群雄，为菏泽牡丹赢得声誉。

隋炀帝在洛阳兴建西苑，汇聚天下奇石花卉，国色天香的牡丹也走进了皇家园林。暮春时节，隋炀帝携众嫔妃等前往西苑游玩，满园的奇石花卉引起众人赞叹，而雍容华贵、富丽端庄的牡丹更是吸引隋炀帝和妃嫔们的目光。为了更好地领略满园春色，众人登上了专门为望花修建的玉凤楼。玉凤楼上，清风拂面、花香扑鼻，西苑美景尽收眼底，众人兴致勃勃、欢声笑语。这时隋炀帝发现他宠爱的妃子却神情忧郁，好像很不开心，隋炀帝很好奇地问其原因。原来这个妃子还沉浸在刚才观赏牡丹的情境之中，她感叹道："牡丹虽然为花中之王，颜色好看，只可惜站在这高高的楼台上根本就看不清牡丹，辜负了美景，如果能有像楼台一样高的牡丹，在这楼台上观赏，岂不是更美！"同样喜爱牡丹的隋炀帝深以为然，立即召来宫中的花师，要他们培植高过楼台的牡丹花。花师们听完，面露难色，牡丹花本为低杆植物，很难长到楼台那么高，他们都没有如此高超的技艺。隋炀帝下令，召集全天下的能工巧匠培育楼台牡丹，花师们纷纷来到洛阳，跃跃欲试，但都无果而终。为此，成千上万的花师被隋炀帝处死。

曹州有一位花师，是远近闻名的牡丹栽植高手，擅长管理牡丹，他通过研究分析牡丹的生长规律、习性和特点，尝试着将牡丹与杏树、桃树、梨树、桑树、槐树等嫁接，不幸的是，也都失败了。即便是这样他也毫不气馁，最终他嫁接在香椿树上的牡丹成活了。他在洛阳嫁接的牡丹到春天昂然怒放，高过了楼台，也赢得了妃子的笑脸和隋炀帝的赏赐，他就是曹州花师齐鲁桓。从此，人们便称这种牡丹花为"楼台牡丹"。

一代又一代技压群雄的曹州花师不断开拓、创新，推动菏泽牡丹不断发展。目前菏泽牡丹黑、红、黄等九大花色已有一千二百八十个品种，每年谷雨前后，菏泽牡丹连阡接陌，艳若蒸霞，蔚为壮观。菏泽市成为全世界面积最大、品种最多的牡丹生产基地、科研基地、出口基地和观赏基地。

3. 花农保"赵紫"

舍命不舍花

唯有牡丹真国色，这句诗词道出了牡丹在我国花卉中的重要地位。菏泽牡丹品种繁多，几乎每一种名贵品种的背后都蕴含着一段动人的故事，今天在菏泽依然流传着牡丹人舍命救赵紫的故事。

在清朝光绪年间，曹州赵楼有一个老花农叫赵伍，养花技术十分高超，而且远近闻名，家家户户都知晓他。一天，他培养出了一种新的牡丹品种，这棵牡丹不仅花繁叶茂，造型独特，而且清香袭人。赵伍对这棵牡丹十分怜爱，把它看成自己的孩子一般，细心呵护，细心照看，不容任何人伤害它，并且还给此牡丹取名为赵紫。

老花农培育出赵紫牡丹的消息很快便传到了曹州知府那里。到了秋后，知府大人坐轿子来到赵伍家里，前来讨要，想挖走这棵特别的牡丹。这对老花农赵伍来说，无异于是在剜他的心头肉。他一边慢腾腾地刨着牡丹，一边想着拯救赵紫牡丹的计策。这时，村里的大地主

谷雨时节盛开的牡丹

给知府大人送来了热腾腾的烧鸡和热酒。正不知如何打发知府大人的赵伍灵机一动，他趁着两人在交谈的时候，挖出了两棵牡丹，故意把一棵普通的牡丹在知府面前摇晃，然后悄悄藏到一边，再把真赵紫捧到知府大人面前。他的这个举动被知府大人看到了，知府大人勃然大怒："大胆刁民！竟敢哄骗本官！竟敢把好牡丹藏起来！还不快快把你藏的那棵牡丹拿出来献给老爷！"说着便一脚把赵紫牡丹踢出几丈远。"是，是。"赵伍装着唯唯诺诺地回答道，随之把那棵普通的牡丹上交，心里暗自庆幸：可把赵紫给保住了。

但谁都没想到，知府大人老奸巨猾，他生怕有诈，冷冷地看着赵伍，掂着这棵普通的牡丹对赵伍说："来来来，你过来给我立个字据，如果这棵牡丹不是赵紫，那明年春天，花开之时便是你的忌日。"赵伍闻听，非常愤怒。他知道知府阴险歹毒，视人命如草芥，但又转念一想，若是能拿自己的命保住赵紫牡丹，也是值得的。他暗暗思忖：等到明年这时，那赵紫牡丹就会有几十棵了，起码不会被全部挖完。赵伍一横心，提笔便签上了名字。

菏泽牡丹的绽放，不仅仅源于赵伍舍命不舍花的信念坚守，更源于菏泽花农爱花如命的生死守护。来菏泽赏牡丹，看那怒放的花海，那是一生所爱，那是生死相约，那是生命酣畅淋漓的生长和无所畏惧的怒放。

4.谷雨花

谷雨牡丹开

牡丹花也被称为谷雨花。谷雨取自"雨生百谷"之意，谷雨是春天的最后一个节气，也是牡丹花开的时节，正所谓，谷雨三朝看牡丹。牡丹为什么选择在谷雨时节开放？这里还有一段感人肺腑的爱情故事。

唐高宗年间，曹州府一连下了半个月的大雨，房倒屋塌，淹死的人不计其数。赵庄有个水性极好的青年，叫谷雨，他把母亲送上城墙之后，又救出十几个乡亲，此时的谷雨已经是精疲力尽，只能蹲在城墙上瑟瑟发抖，呆呆地看着洪水，突然他看见水里有一棵牡丹时沉时浮，绯红的花朵像一张少女的脸，绿色的叶子在水面摆动，好像是在摆手呼救。谷雨猛地站起，不顾疲劳，冒着生命危险救出牡丹花并委托花匠好好照顾。两年后，谷雨的母亲得重病，久治不愈，这时，一个名叫丹凤的美丽女子来到谷雨家中，不仅用仙药治好了他母亲的病而且经常来照看。谷雨与女子日久生情，直到向丹凤坦露心意之时，他才知道原来丹凤就是当初自己救下的牡丹。

然而，丹凤起死回生被附近的一只秃鹰知道了，得了重病的秃鹰抓走丹凤，想让牡丹仙子用仙药为他治病，从这之后百花园中的牡丹都枯死了，谷雨的母亲也伤心得眼睛都哭瞎了。为了救出丹凤，谷雨凭着一身好武艺，经过二十八天的艰难跋涉，来到一座光秃秃的大山头。谷雨围着山转了一圈又一圈，始终无法进入，谷雨在乱坟岗子上焦急地寻找了三天，第四天天刚亮，经过仔细地搜寻，谷雨忽然发现悬崖峭壁之上有一个洞口，他急忙握住板斧朝洞口攀爬过去。谷雨摸着洞壁足足走了二里路远才看见亮光，这时侧洞中传来女子哭泣的声音。谷雨悄悄进入，只见丹凤和三名花仙都被绑在一根石柱子上。丹凤没想到还能与谷雨相见，泪如雨下，让谷雨赶紧离开，保全性命。谷雨坚持不走，发誓要救出牡丹仙子。就这样，谷雨与秃鹰搏斗了三天三夜，直到秃鹰受到重伤瘫倒在地上、血流不止。谷雨放松了警惕，连忙去给丹凤和花仙解绑，但就在这时，虽受重伤但还没有咽气的秃鹰不甘心眼睁睁地看着丹凤与谷雨离开，拼尽全力朝丹凤射出一支暗箭，谷雨一把把丹凤推开，自己却被毒箭穿破胸膛。丹凤抱起谷雨泪如雨下，谷雨最后对丹凤深情地说了一句"开花的时候，不要把我忘记"就闭上了双眼。丹凤伤心欲绝，她拿起谷雨手中的板斧狠狠地朝秃鹰砍去。

后来，牡丹仙子们为了纪念谷雨，约定在他死去的那一日，天空下雨，牡丹齐放。

5. 牡丹园

陆建章媚袁献牡丹

牡丹不仅是富贵之花，同时也是具有浩然正气的君子之花。在菏泽一直流传着"牡丹王"洁身自好，不愿与袁世凯同流合污的故事。

民国初年，时局动荡，兵匪交患，民族灾难日深。牡丹也运交华盖，日趋锐减。传说，赵楼村南有一棵牡丹树，树龄高达二百年，树高丈二，枝长丈八，被人们称作"牡丹王"。它盛开之时，花开数百朵，并且那红红的颜色非常耀眼，香气袭人，吸引方圆几十里的人都来观赏。夏天，老人们可以在树底下乘凉，可以下象棋、聊家常，孩子们可以爬到树上玩耍，自由自在地享受童年的乐趣。

辛亥革命后不久，袁世凯称帝。曹州镇守使陆建章为了讨袁世凯欢心，想将"牡丹王"作为贡礼呈献给袁世凯，运至彰德府，栽在袁世凯的公馆里。在这年春天，牡丹花又开了。陆建章便带领一千人马，耀武扬威地来到了牡丹园。只见五彩缤纷的花海之中，"牡丹王"高高挺立，光彩照人。陆建章心中暗想：我如果能得到这棵"牡丹王"，然后呈上去，就不用愁得不到高升了。所以他便命人强抢"牡丹王"。即便花农们苦苦哀求，

曹州牡丹园一角

给陆建章下跪，陆建章也不管不顾，还让手下把花农们带下去，强行挖走了"牡丹王"。紧接着他又派了专车，亲自护送"牡丹王"到北京呈献给袁世凯。袁世凯得到"牡丹王"后喜出望外，给陆建章连升三级。可是原本枝繁叶茂的"牡丹王"似乎有灵性一样，不久便在袁世凯的公馆里枯死了。据说，在曹州牡丹园，"牡丹王"被挖走后留下的大坑一直到现在都是水汪汪的，似乎是"牡丹王"因为被迫离开家乡在哭泣。

后人感叹说："窃国大盗用小人，国遭大难花不存。花农心血二百载，毁于一旦痛煞人。"牡丹与国运紧密联系在一起，在国泰民安、政治清明、人民幸福的时候，牡丹就会成为这个时代、这个社会人们喜爱的国民之花。

（二）台上台下

1. 山东古筝乐

夜学古筝累死马

一提古筝，大家脑海中浮现出来的多是清风微拂，一古装美人纤纤玉手颤按滑弦的景象。古筝的标配似乎就是温柔的美人。但你知道吗？在20世纪50年代一个鲁西南农村即张坑村，那可是家家户户都有筝，无论男女都爱古筝，而且爱得如醉如痴。

清朝末年，张为昭和他两个兄弟张为厅、张为台学筝累死马的故事可是广为流传。

话说张氏兄弟家庭比较殷实，家里人让他们一起到郓城黎同庄跟随师父学习古筝。三人学习很用心，跟随师父多日未回家。有一日，三兄弟一致决定回家看看。冬天几十里的路快马加鞭，夜半时分才到家。刚进入家大门，脚步一顿，突然三兄弟中有一人说，今天学习的曲子有一句忘记怎样弹了，三人竟然都记不起来了。三兄弟急得不行，顾不上进屋，赶紧又上马回去问老师。深夜，老师已经睡下，张氏三兄弟无奈只能叩响老师的家门。三兄弟先跟老师表达了歉意，又解释了原委，老师看到他们学习古筝的劲头，大为感动。老师隔着窗户又细细传授一遍，张氏兄弟记好曲子，拜别老师，重新上路，打马回家。可这来来回回又奔得很急，人还可以，马可受不住了。回到家，其中一匹马累得大汗淋漓，第二天就得病死了。同行人听说了这件事，连连感慨。从此这张氏三兄弟夜学古筝累死一匹马的故事也就流传开来了。

时间流逝，人们对古筝的痴迷劲却并未减少。季玉玺是张氏三兄弟之一张为昭的外甥，他继承了这股痴迷劲头，据他的老伴说，季玉玺当年演奏古筝差点丢了性命。1963年的一天，下着滂沱大雨，季玉玺一个人在室内独奏，完全沉浸在自己的音乐世界中，对外面的大雨毫不知情，一曲奏毕，刚走出琴室，房子就倒塌了，季玉玺吓出一阵冷汗，忘我的弹奏让季玉玺一点都没有察觉到房子即将倒塌。

山东古筝乐能够薪火相传，成为国家级非物质文化遗产项目，离不开从张氏三兄弟到季玉玺等一代代传承人对古筝的"痴迷"。他们锲而不舍、如痴如醉地学习古筝的精神值得我们每一个后人学习。

2.鲁西南鼓吹乐

"唢呐大王"袁子文

百般乐器，唢呐为王。鲁西南鼓吹乐是一种以唢呐为主奏的山东省传统民间器乐，被列入第一批国家级非物质文化遗产名录。提起唢呐，就不得不说一说对传统器乐做出重大贡献的袁子文。

袁子文是山东唢呐艺人的优秀代表，也是中国唢呐艺人中的佼佼者。他出生在巨野县城关镇朱庄村，从小就受到自己父亲的熏陶，与唢呐结下了深深的缘分。在袁子文八岁的时候，他就子承父业，进入了这一行。但令他父亲感到吃惊的是，唢呐一经袁子文的手就吹得像模像样。父亲见儿子天赋高，于是就把他送到孙继全师傅手中，让袁子文跟着师傅学习唢呐技术。

学手艺哪里是件容易的事。数九寒冬，孙师傅让袁子文站在冰天雪地里练功，手早已冻麻木，光是动动手指都觉得酥麻无比，就更不要说按准孔位了，可孙师傅一听到错误的音调，子文的手就要遭殃。麻木——走调——挨打，这样的恶性循环在冰天雪地里一遍遍上演着，一天下来，子文的手常常肿成馒头一般。有心人，天不负。经过一遍遍枯燥的练习，子文吹唢呐的技术终于可以跟师傅齐平了，为了学习众家所长，家人又把他送到了艺术修养更高的刘俊宇先生身边学习。

刘俊宇是个盲人，但是他对乐调有超强的感知能力，对音乐的要求和细节的处理更加细腻，培养出了许多知名的弟子。他鼓励自己的徒弟们发挥即兴演奏的能力，尽情抒发自己的情感。袁子文深受刘俊宇先生的熏陶，经过一段时间的刻苦学习，不仅在吹唢呐的技术上有了质的提升，在艺术修养上也有了很深的造化。就这样，袁子文在这两任师傅的倾囊相授下，年仅二十岁就已经才艺过人。有一年，鸡瘟大流行，农村十里八村鸡不鸣狗不叫，死气沉沉的。有族人请袁子文吹一吹唢呐。袁子文在夜里演奏了一首《百鸟朝凤》，唢呐一响，惟妙惟肖。模仿鸡的声音，全村的鸡跟着叫；模仿狗叫，狗跟着狂吠。村子里一下子热闹起来。人们都说，袁子文的一首《百鸟朝凤》赶走了瘟疫。

袁子文的唢呐求学经历是艰难的，但也成就了图他的梦想。多年来，他走南闯北，到河南、江苏、安徽，以及东北等地，将鲁西南的唢呐技艺传播到祖国各地。他的演奏，受到了广大群众的喜爱和好评。

3.大平调

黑牛郭盛高的故事

鲁西南老一辈中流传着一种特殊的戏曲曲调——大平调，它是山东省地方传统戏曲剧种之一，且被列为国家级非物质文化遗产项目。大平调的表演气势恢宏，场面宏大，唱、念、做、打并重，深受老百姓的喜爱。

大平调唱腔属于板腔体，梆子系统。吸收了山东梆子和民间武术的表演模式，使平调逐渐趋于本地化，形成了菏泽平调（又称"河东平调"）的地域特色。其板式曲牌有大起板、小起板、栽板、小栽扳、慢板、二八板等。其伴奏乐器有大弦、二弦、三弦、大梆、大号、尖子号、铙等。其声腔一般都用真嗓，惟慢板、拐头钉的尾声，可使用假嗓。其角色行当以红脸、黑脸、花脸为主。艺术风格粗犷火爆，剧目多为袍带大戏，以历史体裁为主，现流传下来有七百多个传统剧目。

久负盛名的大平调演员郭盛高，更是被称为"平调王"。在冀鲁豫大部分地区，特别是黄河两岸的农村，只要提起东明大平调"红脸王"，男女老幼没有不知道"黑牛"郭盛高的。郭盛高是大平调的第五世艺人，他出身艺人家庭，九岁随父学戏，十三岁登台演出，逐渐成长为享誉一方的著名大平调演员。郭盛高的表演方式也与众不同，他别具匠心，不拘泥于传统唱腔，对大平调在唱腔、表演、音乐等方面进行改革，形成自己独一无二的表演风格。他的表演形神兼备，字正腔圆，悦耳动听，尤其是用假嗓发出的"呕腔"，更是别具一格，深受人们喜爱。他的表演潇洒大方、生动逼真，他在《百花亭》《收姜维》《反徐州》等剧目中塑造的艺术形象，给人们留下深刻印象。为什么人送外号"黑牛"？戏迷说，郭盛高皮肤黑，唱起大平调来，声音洪亮，架势十足，在舞台上粗犷豪放，生龙活虎，倒有一股子蛮劲儿，"黑牛"是对他的赞扬。

郭盛高既是剧团的主要领导也是台柱子，他从来不摆官架子，只是用心唱戏，只做一名大平调演员。他为戏曲奉献了终身。半个世纪的舞台生涯，他在一百多个主要剧目里担当主演，塑造了一个个经典的艺术形象，享誉一方，获奖无数，受过国家领导人的接见。他的优秀唱段被多家公司及单位录成唱片、磁带等，广为流传。即使在"文革"时期，郭盛高依然没有放弃大平调，1979年剧团恢复，他又招收和培养了一批新生力量。从此，大平调在郭盛高的带领下再次大放异彩。

一生执着于干好一件事，沿着自己的热爱走下去，郭盛高的一生，值得我们每个人去思考。

4.两夹弦

痴情秀才传戏显真情

两夹弦是戏曲的稀有剧种，鲁西南一带有"撕绫罗，打茶盅，比不上两夹弦的一声哼"的说法。就是这个"哼"格外中听。怎样"哼"出来的，这里面还有一个痴情秀才的典故。

清朝咸丰初年，山东濮州引马集（今鄄城引马集镇）有个秀才叫白殿玉，特别擅长诗词，精通音律，但他仕途不顺，家里一穷二白，还好家有贤妻，任劳任怨，靠纺织补贴家用，日子倒是还过得下去。夫妻两人情感非常深厚，即使家徒四壁也恩恩爱爱。白秀才特别喜爱鲁西南一带流传的曲艺形式"花鼓丁香"，经常自己创作一些花鼓新词，教妻子一块吟唱，两人以吟唱为乐，悠闲自在。但到后来，白秀才越唱越乏，他觉得花鼓小唱剧目只有一个《休丁香》，乐器也只有手锣、梆子和花鼓，太过单调，经常为此苦苦思索。妻子见他愁眉苦脸，百般宽慰。一天，白秀才在陪妻子纺棉花时忽然发现，妻子在纺棉的时候，经常哼着小曲，嗡嗡的纺车声成为唱腔的天然伴奏，非常和谐。白秀才灵机一动，仿照纺车制造出了如二胡状的"弦子"，声调柔和，使得花鼓小调大大增色。在妻子吟唱的时候，白秀才就在一旁伴奏，二人一唱一和，琴瑟和鸣。此后，白秀才又在花鼓丁香的基础上，突破传统唱腔，融入姊妹艺术的唱腔。没想到这一改，赢得了广大听众的喜爱，倒是打出了名堂。

白秀才不仅有才华，为人也忠厚正直。有一次，白秀才在引马集赶集时看到三个少年在乞讨，他们虽然衣衫褴褛但眉清目秀，看着像是学戏的好苗子。白秀才同情心大发，问三人是否愿意跟他学艺。三人非常愿意，当即行了拜师礼，成了白秀才收的入门徒弟，他们分别是李季安、戚成兴、梅福成。

天有不测风云。咸丰八年（1858），濮州水患，白秀才的戏演不下去了，生活窘迫。迫于无奈，李季安往北去跑班子去了。白秀才为了讨一口饭吃，也不得不背井离乡，带着妻子和戚、梅两个徒弟，沿路乞讨到了曹州。后来，白秀才的两个徒弟在曹州徐庄收了不少徒弟。随着人员越来越多，逐步有了完整的表演形式和乐器。

清同治年间，戚成兴和梅福成两人受到贡生魏金玉的邀请，在曹州魏堂村成立了一个两夹弦的玩友班，汇集了两夹弦唱腔的业余爱好者。随后玩友班在本村庆贺王姓夫人立贞节牌坊的舞台上大放异彩、好评如潮，并因此赢得了广泛关注。正是这次演出，把两夹弦推上了正式舞台，两夹弦从此摆脱了地摊小唱的身份。

没想到本为痴情秀才和妻子自娱自乐的唱腔小调，无心插柳成了一个老百姓喜爱的新剧种。

5. 山东梆子

远道而来的地方戏

在 1992 年全国戏曲优秀剧目展演中，菏泽枣梆获得"天下第一团"的称号，获此殊荣的全国只有三十二个剧团。菏泽枣梆究竟有着怎样的独特魅力和影响力？

枣梆，国家级非物质文化遗产项目，既是一个颇具菏泽地域特色的古老剧种，也是一个齐鲁文化与三晋文化交流融合的文化产品。

枣梆又名高调，最早由山西传入。菏泽与山西的联系主要是由历史上的大移民形成的。据调查，八成以上的菏泽人是山西洪洞大槐树移民的后代，山西戏自然多受菏泽人的喜爱。再者，山西人来菏泽经商也由来已久，菏泽山西会馆内有道光十一年（1831）所立的碑碣，上载清乾隆年间山西遭受灾荒，大批商人和难民背井离乡，远服贾而通货贿。这些商人和移民中就有会唱山西戏者，特别是梆子戏"泽州调"，颇受当地人喜欢。他们闲暇清唱，又热情教人，唱者、听者逐渐增多，就形成了"围鼓戏"的习俗。围鼓戏又称"坐堂戏"，表演者少则四五人，多则上十人，既是演员又是乐手，一人一角或一人多角。演唱时不化妆，也无表演动作，全凭唱腔、道白表现戏曲故事，演员站在人堆儿里演唱，距离观众近，比在舞台上表演有更好的渲染气氛的效果，每当演员的演唱或音乐的节奏到达高潮时，听得入神的观众脸上的表情总是神采飞扬，紧随着音乐的节奏不断变换着。他们把自己带入戏曲之中，仿佛此刻自己就是戏中的主角。

光绪年间，山西上党梆子"十万班"来菏泽、郓城一带演出，流动达一年有余。"十万班"最早的教师是潘朝绪，人称"潘师爷"，他在郓城收徒传艺，组成了职业班社，他把山西上党梆子与当地唱腔相结合，取名"义盛班"，它成为最早的山东梆子剧团。在演奏中，他又加入了敲击声音洪亮、清脆的枣木梆子，故又称枣梆。别致出众的演唱方法和新鲜的伴奏乐，深受鲁西南地区人们的喜爱。新中国成立后，1964 年，菏泽地区的枣梆剧团编演的现代剧《牡丹向阳开》参加山东省戏曲会演，受到国家领导人的称赞。

枣梆曲调流畅，唱腔既高亢激昂，又委婉悠扬，真、假嗓共用又截然分开。你是否想要感受一下枣梆的魅力，那么欢迎来到山东菏泽，这里将给你营造一场视听双重盛宴。

6. 定陶皮影戏
隔纸说书

定陶皮影，又名"隔纸说书"，是国家级非物质文化遗产项目，距今已经有二百多年的历史。相较于山东其他地方的皮影而言，定陶皮影更具地方特色，在整个山东皮影艺术中也可谓独树一帜。

定陶皮影戏最早创始于冯氏先人。冯玉濮、冯玉福受先辈影响，也喜欢剪纸作画，常常在纸板上刻画出各种动物和小人，然后把它们系在木棍上，玩弄嬉戏，并配上自己喜欢的小故事，就成为非常受小朋友欢迎的皮影小话剧。为了让剧情更有吸引力，他们在表演时会拉上一块白布做背景，再配上语言对话，这就是隔纸说书的来历。纸张容易受潮，不易保存。大约在1821年，一次偶然机会，冯玉濮、冯玉福二人想到了用动物的皮取代纸板，动物的皮质不仅可以防水易保存，而且还具有弹力，他们尝试着在动物的皮革内侧进行刻画，在一遍遍的刻画实验中，还给人物增加关节，这就使其灵活性大大加强。后期他们多采用牛皮制作，体积较大，长度更是一尺有余，风格醇厚质朴，刻工出神入化，独具强烈的地方特色。在一次次的实验中，他们还发现牛肚两侧的皮质薄厚适中，用来做皮影最合适，正是基于这样一次次的改进，才有了这独树一帜的定陶皮影。

定陶皮影不仅仅选材特殊，更赋予了每幅皮影独特的灵魂。在雕工上阴刻、阳刻互相搭配。阴刻多用于圆眼睛、疙瘩鼻、额头饱满，显得特有神采。阳刻多用于平长细眼、小嘴巴、直鼻梁，显得平和大度。这样出神入

定陶皮影剧照

化的刻工，使人能感受到古代青年女子"面如傅粉一般同，唇似丹朱一点血"的妖媚之态，以及强盗"巨口獠牙，口放霞光千道"的粗犷造型，把人物刻画得惟妙惟肖。此外，为了能充分表现出人物造型的基本特征，一部皮影戏中的造型形态有几十种。为了让皮影中的人物更加传神及有特色，皮影艺人借鉴历代壁画、雕塑、画像石等艺术技巧，确保创作出的每一种造型的皮影都栩栩如生。

定陶皮影用皮影来说千古事，用双手对舞百万兵，是皮影界当之无愧的"活历史"。

7. 商羊舞

"碰拐"的来源

说起商羊舞大家可能少有耳闻，但说起"碰拐"游戏，大家可能都不陌生。游戏规则为：在不借助任何运动器具的情况下，把一条腿抬起来，架到另一条大腿上。用手抱着抬起的脚，单腿在地上蹦跳，用抬起的那条腿的膝盖来和其他人对抗比试，可以进行单挑独斗，也可以进行集体项目，以抬起的脚落地为输。你能想得到"碰拐"游戏来源于商羊舞吗？

商羊舞是山东省鄄城县传统民间舞蹈，国家级非物质文化遗产项目，是一种古老的祭祀性民间舞蹈。关于商羊舞，这里还有一个文字记载的小传说呢。

相传古代有一种奇怪的鸟叫商羊，它只有一条腿进行站立，每当下雨之前，它便开始蹦跳起舞，就像今天的天气预报一样准。久而久之，人们见到商羊鸟，就知道大雨将来临。

在春秋时期，一天，有一只商羊鸟落在齐国的宫殿前，张开翅膀，蹦跳起舞。宫廷卫士见状大惊，急忙把情况报告给了齐国国君，齐国国君也非常惊讶，大家都不认识此鸟，更不知它的出现能给国家带来好运还是灾祸。他召集群臣，辨识此鸟，群臣都不知道它的来历，齐国国君为此愁眉不展，终日郁郁寡欢。有个大臣给国君建议说："如今宫廷里不知道为何飞来这么一只奇怪的鸟，恐怕不是什么好兆头，国君还是派人去向孔子问个究竟吧。"

齐国国君赶紧派使者前往鲁国向孔子请教。孔子解释说："这鸟名叫商羊，是吉祥的象征，主管人间水的神鸟。从前儿童学商羊鸟单腿蹦跳，边跳边唱：商羊跳舞，天下大雨。现在齐国出现了这种鸟，正是商羊神鸟提前预告，大雨将要来了，应该告诉老百姓抓紧整修沟渠，修筑堤坝，以防大雨造成危害。"

使者回宫把孔子的话汇报给了齐国国君。齐国国君立马下令让全国百姓修建防雨工程，做好抗洪救灾的准备。不久，果然天降大雨，洪水肆虐，冲毁房屋。庄稼被淹没，粮食牲畜也被大水冲走，各国受灾都很严重，唯独齐国因为早采取了防洪措施，没有受灾。齐国人为了庆祝自己的家园平安无事，纷纷学跳商羊跳的舞，并起名为"商羊舞"。一直到清朝末期，济南、北京两地请巫做跳神，均屈一足跳"商羊舞"。原始淳朴的"商羊舞"，由于巫师用来跳神捉鬼，更增添了几分神秘色彩。

如今，商羊舞已流传了数千年。每到农村节日，鄄城县还有群众自发组织跳商羊舞。如果你小时候也热衷于玩"碰拐"游戏，又想领略商羊舞的优美舞姿，不如来山东鄄城看看吧。

8. 佛汉拳

辞官传拳记

你小时候有过一个少林武侠梦吗？你想拥有少林寺寺僧的绝世武功吗？你听说过少林寺的佛汉拳吗？在回答之前，不如听一段佛汉拳在东明传承的故事。

佛汉拳是流传于山东一带的传统体育项目，国家级非物质文化遗产项目。山东东明县马头乡的贾云露是这个项目的传承人。他从小就对击剑和武术感兴趣。长大后，他想去少林寺求学拜艺。少林寺是佛家寺院，有着不传武功给俗家弟子的规矩。贾云露求学被少林寺拒之门外。为了能成功拜师求艺实现自己的梦想，在寒风呼啸的大冬天，贾云露在少林寺门口长跪不起。最终，贾云露的真诚和执着打动了寺僧，少林寺主持大和尚修文方丈决定亲自教授这个俗家弟子武术。

修文方丈将佛汉拳传给了贾云露。不久，少林寺因天地会反清复明而遭到了焚毁。修文方丈在辞世之前，叮嘱贾云露一定要发扬光大少林武术，把佛汉拳传下去。

贾云露离开少林寺之后，开始一个人独自闯荡江湖，后来加入了清军。由于贾云露有超强的武术功底与胆识，他曾被任命为清军征西先锋官。大军凯旋之后，皇帝欣赏他的盖世武功又任命他领军大将。但贾云露无心于仕，他辞去了官位回到家乡，细细揣摩佛汉拳的奥妙。年过半百之后，他便开始独自云游天下。

一天，他来到了河北大名府。这是一个原本习武之风比较盛行的地方。贾云露来到这里之后，很多门派仰贾云露大名，要跟他切磋武术。贾云露乐于交流，凭借佛汉拳几乎打败了当地所有的拳师。贾云露因此名声大噪，很多习武者慕名拜他为师，学习佛汉拳。贾云露时刻想着师父对他的嘱托，便开始教当地的拳师学习佛汉拳，并允许他们传授佛汉拳。后来，贾云露回到家乡东明，办起了武班，当时教授的弟子有几千人，有时一天上门求学的就有上百人。佛汉拳便这样流传了下来，至今已传承八代。

9. 大洪拳

"大刀向敌人头上砍去"

一提到菏泽，大家首先会想到"牡丹之乡"，此外，菏泽还是远近闻名的武术之乡，这里风格独特的拳法很有名，大洪拳便是代表性的拳种之一。

山东菏泽籍抗日名将赵登禹就是大洪拳高手。在赵登禹的祖籍菏泽市万福办事处赵楼村，流传着赵登禹从小爱听梁山英雄好汉打抱不平的故事。有一次与伙伴们正在地里割草，忽然抬头，看到一个邻村的富家少爷正威逼一个年幼体弱的穷家娃子给他当马骑。赵登禹见状，二话没说，上去就把富家少爷暴揍一顿。当年，赵登禹家里很贫穷，艰苦的生活不仅没有将小小年纪的赵登禹压垮，反倒给了他一个好身体。他有幸拜山东洪拳大师朱凤军为师，成为一个大洪拳弟子。大洪拳练习不易，站马步桩站稳固了，才有根基，才能刚柔并济。赵登禹始终不曾松懈，无论酷暑烈日还是天寒地冻，都每日坚持练习。

1914年，十六岁的赵登禹怀着一颗精忠报国的赤子之心，硬是凭着一双脚板从山东走到陕西，加入了西北军，踏上了保家卫国的抗日战场。凭借着从小练武的好体魄加上一身的好功夫，这个少年很快脱颖而出。有一次，冯玉祥旅长到训练场，看到了赵登禹这个大个子，就让他出列比试。冯玉祥不知道赵登禹练过大洪拳，被赵登禹连续摔倒三次，冯玉祥很欣赏他的武艺，安排他做警卫员。赵登禹当年只是一个小兵卒，敢当众猛摔旅长，已经是有让人赞叹的勇气了。

"大刀向敌人头上砍去！"这是赵登禹战场杀敌的英勇写照。1933年，已经是第二十九军三十七师一〇九旅旅长的赵登禹奉命带队伍防守位于北平北面长城上的古北口。古北口地势险要，历来是兵家必争之地。赵登禹深知坚守古北口的重要性，遂派二一七团火速前往古北口，抢占有利地形，阻止敌人通过。可惜晚了一步，我军到达后，发现日军已经占领古北口东北高地的有利地形。日军居高临下，易守难攻。赵登禹率将士与日军经过几个小时的肉搏拼杀，夺回了高地。日军用机枪、大炮一齐向高地猛烈开火，又将高地占领。就这样，敌我双方在古北口反复冲杀争夺整整一天，一些阵地是失而复得，得而复失，往复数次，形成了残酷的拉锯战。赵登禹觉得我军手中的武器落后，如此硬拼，与装备精良的日军打阵地战，损失太大。我方应扬长避短，利用近战、夜战，分路偷袭攻击古北口。经过侦察，他发现阵地附近一座大山，山顶有一个险峻的山岭，摩天岭。日军大部队就驻扎在摩天岭后面。摸清情况后，赵将军决定星夜轻装攀登摩天岭，来个神兵天降杀入敌营。

北方山区，三月深夜的天气，还十分寒冷，摩天岭不但山势陡峭，岩石上还积着冰雪。赵登禹的腿部有轻伤，但他还是亲点他的大洪拳弟子组成敢死队，携带大刀和手榴弹，悄悄地通过潘家口，越滦河，经临旗地，绕到了敌后的炮兵阵地和宿营地。驻守的日军万万没有料到，在这漆黑的深夜和沟深坡陡的山地上，会有中国军人从天而降。赵登禹一声令下，霎时间杀声震天，手榴弹在敌人的阵地上四处开花，很多敌军官兵在睡梦中就见了阎王。从美梦中惊醒的，还没缓过神，明晃晃的大刀就飞舞过来，来不及任何反抗，就成了刀下之鬼。这一仗日军六百余人的脑袋被勇士们的大刀砍落，三千多人被砍伤，炸掉八门大炮，烧掉二十多辆汽车，以及大量的粮草弹药。日军被勇士们的大刀吓得魂飞魄散，此一战后，日军专门定制了铁围脖以防止脑袋再被砍落。从此，二十九军威名大震，赵登禹的名字也威名远扬。此后赵登禹又多了一个"大刀将军"的称号，他带领的大刀队成了日军的噩梦。

赵登禹身上闪耀着的不畏强权、保家卫国的爱国精神，体现了大洪拳强身爱国的精神内核，并将世代流传下去。

10. 宋江武校

《狗娃闹春》成经典

"山上飘来个小妞妞，山下的葫芦哟圆溜溜，要知妞妞佩服你啥哟，小哥哥点灯哎不用油。"这大概是1994年春晚给观众最大的惊喜。《狗娃闹春》里一群儿童的武术表演让人耳目一新，回味无穷。那么，《狗娃闹春》是如何走出郓城这一个小县城的呢？让我们来一探究竟。

时间回到1993年，郓城宋江武校排练的节目，应邀参加在山东省电视台演播厅举行的"六一"晚会，引起轰动。"六一"晚会后，武校负责人找到这个节目的编导之一、山东省著名导演尚铁龙，表示希望推荐郓城武校的孩子们上央视春晚表演节目。尚铁龙说，如果找到著名编导边兰星相助，也许有机会上。

他们随即拨通了边兰星北京家里的电话。无巧不成书，日常忙碌的边兰星离家数日后，回家换洗衣服，碰巧接到了这个电话。三人一听边兰星在家，商定立即进京拜访。看到三个风尘仆仆的山东汉子站在家门口，边兰星很惊讶。当他看完"少年群体武术"节目录像带后，淡淡地说了一句"节目档次太低了"。尚铁龙不甘心就此作罢，不停地给边兰星解释，甚至就地躺下爬起地演示起

1994年央视春晚节目《狗娃闹春》剧照

来。不得不说，边兰星被他们的真诚打动了。

几经碰撞，边兰星决定编排一个武术舞蹈。事后刘国庆激动地说，他选演员的标准和我们传统的思维是不一样的，选的狗娃，都是"歪瓜裂枣"，武校人员有限，主角妞妞没有找到合适的人选。边兰星提出，要在全国范围内挑选，为了这个节目能够更好突出郓城的"土文化"，宋江武校的校长还是死缠着边兰星在本地找。真是踏破铁鞋无觅处，得来全不费工夫。最终，边兰星看中了年仅九岁的小女孩刘博。刘博恰好是副校长刘国庆的女儿，在另一个武校里学习。

武术讲究的是对打，舞蹈需要的是动感。边兰星"着魔"了，常常睡到半夜，猛然喊起尚铁龙，再对设计的动作进行修改。妞妞和狗娃们也拼命了，在小县城简陋的地毯上，他们身上摔得青一块，紫一块。所有的动作初步合成后，他们请来了山东著名的作曲家李百华，几经修改，几经推敲，《山上飘来个小妞妞》主题曲也终于定稿。

《狗娃闹春》成功地将武术与舞蹈、戏剧、音乐加以巧妙融合，刻画出了鲜明的人物形象，增强了武术表演的艺术表现力，拓展了武术节目在春晚舞台上的创作空间，成为春晚武术节目中的经典佳作。当时人们对武术的认识还停留在套路表演的阶段，认为武术就是上场、下场、敬礼。而《狗娃闹春》充分体现了武术的多元性、娱乐性、竞技性，体现了中华武术的精气神。

郓城宋江武术学校也因《狗娃闹春》声名鹊起，红遍了大江南北。这所坐落于宋江家乡的武校，此后连续不断地向国家队、省专业队输送了一大批优秀的运动健将，他们在国内外重大赛事中斩获无数荣誉。

（三）画里画外

1. 菏泽市博物馆

自行车换来的唐寅真迹

博物馆绝对是一个城市文化精髓的集合地，多少奇珍异宝、书画名迹，让人大开眼界。菏泽市博物馆凭借唐寅的《山居对弈图》成功出圈，一瞬间吸引了无数书画界人士的目光。关于这幅作品的来历，你绝对想不到，它竟然是用一辆自行车换来的。

菏泽定陶东关有这么一位老人，名叫提西霖，年轻的时候教书育人，也是桃李满园。过了古稀之年，老提却有了烦心事，整天愁眉苦脸，唉声叹气。原来是老人的孙子迟迟娶不上媳妇。在那个年代，男青年结婚必须有"三大件"：自行车、缝纫机和手表。老提的孙子着急买不了自行车，迫不得已找爷爷帮忙。原来，老人手里有一幅名画，即唐伯虎的《山居对弈图》，不少人愿意千金求取，可几十年来，老人无论遇到什么困难，不管家境怎样贫寒，都牢牢地守住了这幅画，一心想着当传家宝传承下去。孙子苦苦哀求，家族的根更不能断，老提只能答应卖画。怎么卖呢？老提想让这个宝贝画作真正发挥出它的价值，拒绝了个人买画，主动要把画卖给国家。当地文化馆得到消息，认真查看，果然是唐伯虎的真迹，立刻报告给了上级部门。菏泽文物管理部门非常重视，立马派了文物工作者张启龙跟老提接洽。老人谈起了古画的由来。

抗日战争时期，日军占领山东，提西霖与家人一起外出逃难，避难到一个大宅院，里面空无一人，墙上悬挂一幅画。画上绘着崇山峻岭、悬崖峭壁，画中人物神采奕奕、十分生动。自幼熟读诗书的提西霖一眼就看出了这幅画是个宝贝。这时不远处枪声响起，为防古画落入敌人之手，他只好取走古画，匆匆离开。等战乱结束，老人多次寻找也没找到画的主人，只好带回家中珍藏。毕竟画作的名声太大，被许多人惦记。为了保住古画，只好谎称丢失，这才留到了今天。老人希望文化部门保护好这幅画，不要落入文物贩子手中。张启龙听后也是连连保证。提西霖老人为难地提出，希望得到一张自行车票和购买自行车的钱，帮孙子解决燃眉之急。张启龙也理解老人的困难，把情况上报文化馆领导，给老人买了一辆新自行车。

《山居对弈图》这幅名画最终认定是唐寅真迹，现保存于菏泽市博物馆。一辆自行车换来唐伯虎的真迹，说来让人啼笑皆非，背后却是一位老人对国家文物的珍惜和重视。文化是历史的血脉，希望我们每个人都能够保护历史文物，守护文化根脉。

2. 曹州书画院

晁楣亲情赠画作

如果您想体验菏泽作为书画之乡的独特韵味和魅力，曹州书画院是一个必去的打卡地。作为全国地市级最大的书画院，曹州碑廊长度为全国之最，这里既有传统民族特色的建筑，又有现代的园林风格，院内藤廊、亭台、假山、喷泉、松竹斗奇，百花争艳，景观幽雅，让人流连忘返。其中，四百余平方米的晁楣版画艺术陈列馆，展示了菏泽籍艺术家晁楣高超的艺术造诣和对家乡的赤子之情。

晁楣是一位出生于菏泽、成长在哈尔滨的艺术家，是北大荒版画的开创者和卓越代表，也是中国当代版画艺术领域一位重要的代表性人物。1958年春，晁楣随十万复转官兵组成的浩荡垦荒大军奔赴北大荒，义无反顾地投身到开发建设北大荒的洪流中。他主动放弃组织安排的《农垦报》美术编辑的工作，选择到艰苦的劳动建设第一线八五三农场五分场一队参加垦荒建设。艰苦的军垦生活是一种锻炼，也是一场艺术的启迪。他被苍茫辽阔、悲凉厚重、神奇悠远的黑土地所吸引，被可歌可泣的垦荒生活所感动。他白天参加劳动，晚上写创作日记，整理创作素材。随着对这里的山川河流、人文景观、火热的生产建设的深刻了解和切身体会，他有了强烈的创作欲望和责任感，他要用自己所熟悉的艺术手法来表现这壮美河山和绚丽生活。于是，在劳动之余，他拿起画笔和刻刀，采用鲜艳的色彩、奔放的刀法、灵活多变的套印方式，创作出北大荒版画《荒原春夜》。此后，他又将这惊心动魄的拓荒岁月一一刻制拓印出来，创作了大批独特生动的版画作品。作品既充满着创业的激情，也反映了生活工作的艰苦和危险，是北大荒生活的真实写照和北大荒开发建设的宏伟史诗。

晁老先生不仅艺术登峰造极，也情系家乡。1992 年，他将八十余幅极为珍贵的作品捐赠给曹州书画院。这些作品以大气的构图、概括的肌理、遒劲的刀法、生动的色彩，构成了有张力、有节奏的视觉图式。如果您想亲身领略晁楣先生那雄浑刚健、沉稳端庄的艺术作品，就请走进曹州书画院，走进晁楣版画艺术陈列馆，在欣赏艺术作品的同时，再次回到那一段激动人心、无私奉献的英雄岁月。

3. 曹州面人

"文武二李" 出国传艺

"曹州面人"是国家级非物质文化遗产项目，鲁西南地区的一种民间的面塑艺术。起初，曹州面人是祭祀的"花供"，后来逐渐摆脱了这种功用，成为一种具有观赏性的民间艺术品，但流传度不广，传播范围仅限于国内。直到 20 世纪初，马岭岗穆李村的李俊兴、李俊福兄弟二人行走江湖，把曹州面人带上了国际舞台。

李俊兴善塑风流仕女，又排行第四，人送艺号"四女人"，李俊福长于武将侠客。弟兄二人被大家誉为"文武二李"。

李俊兴与李俊福兄弟二人不满足生活的现状，他们想用捏面人这个技术赚取更多的钱养家糊口，就想到了要让这个民间技术传播得更加广泛，让更多的人、更广泛的地区了解曹州面人，喜欢曹州面人。一次，李俊兴和李俊福一起喝酒，商量道："不如出国去看看，是否能把我们的面塑技艺传播到更远、更富有的地方呢？"二人说到做到，从1920到1931年，十多年间，李俊兴与李俊福多次远离客乡，去上海、厦门、广州摆摊，然后又经香港出国，到菲律宾、老挝、新加坡等国家卖艺。

　　1926年秋，他们应邀到老挝王宫表演面塑，为菊展助兴。道具只有一个木箱。只见李俊兴的手熟练地摆弄着面团，飞快地把面团分成若干份均等的小圆条，又用木签轻轻卷动，一片片的菊花花瓣就做出来了。李俊福在一旁也没有闲着，一手拿着一朵朵鲜活的菊花，一手迅速地在调色盘上来回调试着。那边李俊兴刚把菊花素坯组装完好，这边也调好了花色，只等着

曹州面人《猪八戒背媳妇》

为菊花上色。兄弟二人熟练地配合，着实让众人拍手叫绝。

1931 年秋，李俊兴又随一杂技团去苏联表演。这才表现出了他的技术与才思。李俊兴到莫斯科后，取材当地风土人情，塑造了许多芭蕾舞的舞蹈动作的作品。在表演时，李俊兴还给观众们带来了面人的变装魔术，如真人魔术般，在眨眼的刹那间，"同一个"面人就穿上了不同的衣服。后来才知道，是李俊兴为了活跃气氛特意想到的障眼法：他提前做好两个一模一样的素坯，然后给他们穿上不同的衣服，再配合上自己熟练的手法，变装魔术就完美地呈现给观众了。这一场表演彻底征服了莫斯科剧院。手艺超群的兄弟二人，一步步地实现自己最初的梦想，在一次次的精心演出中，"曹州面人"最终走向了世界舞台。

4. 东明粮画
五谷杂粮的非凡魅力

五谷杂粮也能绘出大千世界，成为登大雅之堂的艺术品吗？是的,东明粮画制作技艺是山东省级非物质文化遗产项目。它是用当地最常见的五谷杂粮制作而成的作品，因此又被称为"五谷画""谷艺""百米图"等。

东明粮画始于皇家，传于民间，迄今已有一千七百多年的历史。作为一种历史悠久的传统工艺画，东明粮画一般以书法、山水、花鸟、人物及其他吉祥图案为主，巧妙利用粮食、草籽、菜籽、花种等颗粒的自然形状和颜色，经过防腐防虫处理后精心拼粘创作。乡土气息浓郁，表达了人们对美好生活的向往。

韩国瑞是目前东明粮画的非遗传承人。他出生在菏泽市东明县武胜桥镇韩楼村，从小就与粮画结缘。小时候每逢过节，韩国瑞就能看到家人用大米、小米、红豆等五谷粮食摆出一幅幅惟妙惟肖的图案。韩国瑞感到好奇，就问姥姥："为什么一到过节就要用粮食摆成这些好看的图案呀？"姥姥回答说："用这些粮食摆成图案和文字是为了祈福我们来年生活得更好。"姥姥是当地十里八乡的粮画好手，她还绘制了一本《福籽绘》，主要记录一些简单的粮画图案。懵懵懂懂的韩国瑞就此对粮画产生兴趣，与这种再简朴不过的粮画结下了深深的缘分。

韩国瑞大学毕业后并没有回到自己的家乡山东东明，而是选择留在广东当老师。一次，学校安排他开设课外实践活动课。关于粮画的尘封记忆这个时候打开了，他开设的粮画课程受到学生及家长们的欢迎。至此，这位青年再次与家乡、粮画建立了关系。对粮画的痴迷，让他有了大胆的想法。韩国瑞要回乡创业，将自己的艺术知识与传统的粮食画作融合到一起，开启自己的"粮画梦"。他的作品越来越受欢迎，但问题也来了，就是如何将传统的工艺与现代的先进科学技术相结合，使粮画保存得更久。他尝试过用杀虫剂，用石蜡，效果都不理想。经过多次试验，终于找到了解决办法，即用树脂胶涂抹粮画，不仅安全环保，而且比较经济。

对于省级非遗传承项目，

粮画《马到成功》

必须不断创新，让更多的人接受、喜欢，如此才能持续传承下去。东明粮画正处于市场开发阶段，韩国瑞和朋友成立了东明粮画文化产业有限公司，与政府合作开展扶贫车间，帮助培训年轻人从事粮画创作，大家一起让传统技艺活了起来，让东明粮画散发出五谷杂粮的非凡魅力，体现人文精神，发挥经济价值。

5. 工笔牡丹画

巨野工笔画"绽放"维也纳

菏泽是著名的牡丹之都、书画之乡，它辖区的巨野县是全国唯一的农民绘画之乡。

这里的农民一手拿锄头一手绘丹青，绘就了文明世界的巨野工笔牡丹画。《花开盛世》《锦绣春光》《盛世中华》《国宝献瑞》《盛世长虹》等作品先后亮相上合青岛峰会、中国进口博览会、中国—东盟博览会、中国林产品交易会等，多幅作品被联合国国际组织永久收藏……向世界展示了中国工笔牡丹

在维也纳展出的巨野工笔牡丹画《花开盛世》

画的艺术魅力，塑造了巨野工笔牡丹的"金字招牌"。2023年，巨野的农民工笔画更是登上了国际舞台，在维也纳"绽放"。农民画家走向世界舞台，这背后有着怎样的艰辛故事呢？

故事还要从姚桂元老人说起。1979年，巨野县美术厂因为生意不景气而倒闭。作为美术厂的一位画师，姚桂元十分不甘心。他揣着作品从曲阜的奎文堂到北京的琉璃厂，开始不断地寻找商机。那时候画廊很少，他就在人多的集市上或者古玩城广场上一铺一摆，三两幅画用不着一天就卖出去了。经过一段时间跑市场，姚桂元发现在人流大的旅游景点，工笔画有市场，甚至外国人都很喜欢。姚桂元就把原美术厂四十余名画师召集起来集体作画，他搞起了集体创作、规模化经营。相比其他画创作，工笔画画种易于入手，普通农民通过较短时间的学习，就能掌握基本技法，并能够独立完成作品。周边村民纷纷拿起了画笔，加入了绘画队伍。于是一人带动一村，一村带动多村，越来越多的农民吃上了工笔画的文化饭，走上了发家致富的康庄大道。这其中还有残疾人画师凭着一手工笔牡丹画技艺找到了理想伴侣的真实例子。

巨野工笔牡丹画现已被列入第五批山东省省级非物质文化遗产项目名录。这些年，巨野县大力支持工笔画产业，帮助建基地，成立了农民画创作画院，组织培养画家，建立队伍做市场营销，"巨野工笔牡丹画"逐渐成为巨野县的品牌文化，从业人员达两万余人，"巨野工笔牡丹画"远销四十多个国家，全国各大书画市场中的工笔画八成来自巨野县。

荷锄弄丹青，农家翰墨香。巨野工笔牡丹画在重大国事活动和外交礼仪活动中，展示出中国现代农民的良好精神面貌和艺术家气质，向全世界讲述着中国乡村振兴的故事。

6. 牡丹刻瓷

永不凋谢的牡丹

山东省非物质文化遗产代表性项目曹州刻瓷，是一项拥有一百五十多年历史的传统技法。曹州刻瓷看似非常简单，在瓷器上雕刻花纹，再涂以颜料而已。其实，这种技法非常精巧，它是用特制刀、锤等工具在陶瓷上雕刻图案并涂色的传统手工技艺，由远古陶瓷刻胎、印记的基础上发展而来的。潜心刻瓷四十余年的菏泽刻瓷非遗传人马宪荣，凭借一把刻刀，让牡丹在瓷器上飘香。

马宪荣的祖辈中有走街串巷吆喝锯盆锯锅的老手艺人。20世纪物资匮乏，人们都生活节俭且精打细算，家里的锅碗瓢盆烂了或裂了纹都不舍得扔掉，修修补补之后继续使用。为了保证修补质量，老一辈人会在补后的锅碗瓢盆上刻上记号，一旦出现问题，免费再修补。到了马宪荣的爷爷这一辈就已经开始在瓷器上雕刻简单的图案了。当时年幼的马宪荣在一旁也有样学样地跟着敲敲打打，她敲打出的这些花草、人名等符号受到乡亲们的称赞和欢迎。从九岁第一次在碗上刻字到十九岁第一次接触刻瓷，马宪荣被这门叮叮当当的艺术深深吸引。

刻瓷不是简单的雕刻，更容纳了绘画、书法篆刻等技法之精妙，需要久经磨砺。刻瓷创作一般要经过构图、勾线、镌刻、着色等一系列复杂的工序，需要一气呵成，不允许有任何失误。从 1976 年山东工艺美术学校毕业进入成武美术厂从事美术设计制图工作到主攻刻瓷，四十余年里，马宪荣已记不清凿裂了多少瓷盘，手上划破了多少口子，即便是在寒冬季节，手被冻得通红、发麻，她也不舍得放下手中的小锤。马宪荣正是凭着这股韧劲，将平常人视为"百炼钢"的刻瓷，炼成了"绕指柔"。牡丹是菏泽的品牌。马宪荣要将牡丹元素融入刻瓷。经过多年的摸索和研究，马宪荣的刻瓷牡丹别具一格。她刀凿下的刻瓷牡丹神韵十足，色彩艳而不俗。一朵朵牡丹经过刀与瓷的撞击，极具金石之感，花朵层次鲜明，花瓣经络可见，毫厘之间尽显大千世界，给人以美丽、富贵之感。马宪荣的这份痴迷也带动了菏泽刻瓷艺术的发展。

牡丹刻瓷以瓷为纸、以刀为笔，雕刻出永不凋谢的牡丹，成为菏泽的一颗文化明珠。

（四）美食美味

1. 单县羊肉汤

中华第一汤

山东单县，一座鲁西南小城，因一道羊肉汤享誉大江南北。单县羊肉汤是当地人口口相传的美食，当年，它可是被称为"中华第一汤"。

清嘉庆十二年（1807）春，嘉庆帝由南京返京，途经单县，竟停留到徐、窦、周三家合办的"三义春"羊肉馆。"三义春"羊肉馆是当时单县最大的一家羊肉馆，店外挂着硕大牌匾，店堂气势恢宏。听闻嘉庆皇帝驾到，店掌柜自然要备上等筵席招待。徐、窦、周三人商量，要让嘉庆品尝本店的羊肉汤。他们几人亲自动手，宰了最好的羊，买了最好的配料，准备给嘉庆皇帝熬制一锅鲜美的羊肉汤。三人一起把熬好的羊肉汤端了上去，嘉庆皇帝尝了尝，说膻味重就不喝了。徐、窦、周三人本来想巴结嘉庆皇帝，这下闪了脸，心里十分害怕。县令也吓坏了，对三人说："明天煮汤，再不能让皇上满意，将以欺君之罪杀头！"

三人吓坏了。逃走吧，无处可逃；不逃吧，又没有办法让羊肉汤没膻味。愁得三人不行。他们询问了很多同行，都没有办法。就在他们作难的时候，突然进来了一个乞丐，看到三人愁眉苦脸的样子，说："师傅们，给我来一碗羊肉汤，我已经好多天没吃东西了。"徐大掌柜说："我们今天给你来一碗羊肉汤，喝完了你就不要再来啦！"

乞丐连忙问："为什么呢？"三人你一言我一语地就把羊肉汤膻味重，嘉庆皇帝不喝，县令发火的事跟乞丐说了一遍。乞丐听了，一个劲儿地大笑："这不简单吗？"乞丐喝完了一碗汤，让掌柜的拿来纸和墨，写了一个"鲜"字，拱拱手就走了。三人很疑惑。他们细细品味这"鲜"字，思来想去，顿时豁然开朗。这"鲜"字不是"鱼"加"羊"吗？莫非羊汤里加鱼能除膻味，变美味？

当天晚上，他们就把两条大鱼加在羊骨头里熬汤，整整煮了一夜，鱼都被煮碎了。一品尝，果然味道鲜美，也不膻了。嘉庆皇帝喝了一碗，赞不绝口："这汤真好喝，味道鲜美！"嘉庆皇帝还为羊肉汤店亲笔题写了牌匾。

从此，单县羊肉汤声名远播，成为人们心目中的"中华第一汤"。

2. 曹州耿饼

朱棣的救命柿子林

柿饼，是北方人喜欢的小零食。你知道曾经作为贡品的柿饼曹州耿饼吗？这种柿饼放在碗中用滚开水冲烫，可以恢复成原来新鲜柿子的大小模样。它的果肉柔软，颜色橙黄透明，味道甘甜，的确是种有特色的好食品。关于曹州耿饼，还有这样一个小故事呢！

朱元璋驾崩之后，朱允炆登基继位。当时诸位藩王势力很大，尤其是燕王朱棣在暗中笼络异人术士，招兵买马，意图篡权。朱允炆开始借太祖遗旨名义进行削藩，欲将朱棣废为庶人，对他进行打压。朱棣果然造反了。

朱棣带兵准备渡河，谁承想竟然走漏了风声。朱允炆得知后，亲自带兵在黄河对岸埋伏。朱棣的队伍刚渡过黄河，便进入了朱允炆的伏兵包围圈。朱棣带领军队在黄河岸边拼命厮杀，一天一夜之后，只有百十名战将冲出了包围圈，落荒而逃。

当时正值九月天，朱棣带领的残兵一个个饥渴难耐，终于逃到了曹州耿庄这片遮天蔽日的树林里，在确认安全后，都瘫在地上。这是一片大柿子树林，树上全都是熟透了的鲜红柿子。饥渴难耐的将士们不管三七二十一便开始从树上摘柿子吃。他们吃了这颗吃那颗，越吃越觉得好吃。朱棣认为，遇见这片柿子林是上天的恩赐，自己必有翻身之日。他励精图治，苦练精兵，终于夺取了天下。

有一次，在金銮殿，朱棣向文武百官谈起了当年兵败黄河口，救命柿子林的事情。突然就想起来了当时尝到的美味柿子。朱棣立马下旨，要曹州进贡柿子到京城。可惜当时是冬春之际，冰天雪地的耿庄柿子林里哪有新鲜的柿子可进贡？村民只好把带着白霜的柿饼进贡给了朝廷。

柿子饼到了京城，朱棣一看，当年又红又亮的柿子如今变成了扁扁的上面还有白面的柿饼，一下子便没有了食欲。交给御膳房处理吧！恰好御厨在准备晚宴的时候缺少一道甜食，看见柿饼上有白面，就用开水把白面洗掉了。柿饼上的白面被热水一冲，奇迹出现了，白面消失了，柿饼也变得越发水灵起来。柿饼摇身一变成了一个熟透了的柿子，晶莹剔透，让人垂涎欲滴。朱棣又品出了当年的柿子味，并赐名柿子饼"曹州耿饼"。从此，曹州耿饼成为年年进贡的贡品。

如今的曹州耿饼，依然是一款深受人们喜爱的美味。

3. 成武酱大头

乾隆点赞民间酱菜

"成武酱大头"成名于清乾隆年间，是山东菏泽市成武县特产，是由该县特产的芥菜（大头菜）腌制的酱菜。关于成武酱大头为人们所赏识，还有一段广为流传的故事呢。

有一次，乾隆下江南慕"成武"二字有讲究就路过了成武县。到了吃饭时间，乾隆帝对侍从们说："今天我们就去当地一个小饭馆，品尝一下民间饭，怎么样？"侍从们哪敢不同意。乾隆带着几个侍从，来到了成武县城的一家小饭馆。小饭馆里的人怎么也想不到皇帝会到此就餐，都被驱离了。这下可吓坏了店老板，该如何招待皇上呢？"万岁爷吃惯了鸡鱼肉蛋，山珍海味，怎么能吃惯我们这里的东西？"老板愁苦地说道。这时，老板娘咬咬牙，说道："山珍海味咱没有，就把我们平时吃的小菜做给皇上吃，说不定皇上会喜欢呢！"老板别无他法，只能听从了妻子的话。在妻子的提议下，老板把"酱大头"切得又细又匀，用葱丝香油拌好，端上了餐桌。这个酱大头听着挺吓人，其实就是腌制过的大头菜。乾隆皇帝拿起筷子，尝了一口，觉得口感绝佳，味道鲜美，非常喜欢吃，顿时龙颜大悦。乾隆就问老板："这菜丝是什么名字？"老板很谦逊地说："这就是我们的家常菜，酱大头。"乾隆皇帝一定要老板给他讲讲酱大头的制作方法。老板见皇上高兴了，也放松了，就详细地向乾隆介绍了酱大头的制作流程。乾隆听得津津有味。他觉得这道菜做法简单，又好吃，一般人家都很适合做。乾隆皇帝在离开之前，送给了店主一些金银财宝，并给这道菜赐名为"紫琥珀"，表达了他对这道美食的喜爱和对普通人家的关心。

乾隆走后，老板摸着脑袋说："不愧是天子，换了'紫琥珀'三个字，那滋味，简直不一样了。"此后，每年成武酱大头都会作为贡品被送到京城，后流传到了全国各地，成为一道享誉四海的美食。

4. 巨野罐子汤

"义商"谢登普的发现

巨野县有一道平价亲民又美味的特色小吃，那可是不少菏泽游子心心念念的家乡美食，也是外地游客来到巨野必须打卡的一道美食。你可能不知道，是由于一位商人的善举才有了这道流传至今的美食。

清光绪年间，巨野县大谢集镇还是鲁西南地区重要的交通要道，商贸四通。大谢集镇有个开小饭馆的村民叫谢登普，善于动脑子，他发现过往商旅、贩夫走卒多在此中途歇脚用餐，他们车马劳顿，长途跋涉，却不舍得吃一口顶饱的热饭。谢登普原本也是贫苦出身，知道出外讨生活的人不容易，他就开始思考，怎样做出一道适合大众口味又能吃得起的美食。一次，他听到一个富有的过客说起单县羊肉汤，用的都是好肉，好吃但很贵。他就想，如果用熬羊肉汤的方法换用剩下的羊杂熬成汤，是不是也好吃呢？实践检验真理。他熬出的这种羊杂汤，果然味道鲜美可口，不仅有羊肉的味道，而且价格要比羊肉便宜许多，正是经济实惠，好吃不贵。为了再降低成本，谢登普又在羊杂汤中加入当地特色的红薯粉条。俗话说，干体力活的都是大肚子汉，吃得多。老谢熬的汤多，容易变凉，他又想办法，把汤做好后盛到一种当地的特制土陶罐里，这样就完美地解决了保温难题。羊杂汤经济实惠又美味，很快就打出了名堂，来来往往的人都愿意停下来来上一碗现场从罐子里打的热乎乎的汤，配着烧饼或者油饼，再加一碟小咸菜，大口大口地吃，直至浑身发汗，这不仅仅是饱腹的满足感，更是一份难得的慰藉。羊杂汤盛在罐子里，大家都喜欢直来直去地喊罐子汤。

谢登普的罐子汤价格一直很亲民，还可以免费加汤，因此也赢得了"义商"的美名。

5. 郓城壮馍

肉饼换个御厨

我们都知道，郓城是《水浒传》里好汉集中的地方，有"水浒一百单八将，七十二名在郓城"之说。那你知道梁山好汉喜欢吃什么吗？告诉你，是壮汉专用"壮馍"。

关于郓城壮馍的由来，民间还流传着一个有趣的小故事呢。

在古代，进京赶考的考生，都会带一些干粮在路上充饥，但由于当时条件比较差，生活比较艰苦，为了减少经济负担，大部分考生路上带的都是大饼和干粮。有一年，郓城县有一个家庭条件相当优越的状元，在家丁忧期满后，要进京面圣，因为进京路程遥远，状元的父亲就让自家的大厨做出最拿手的烙肉饼，给状元郎带上。皇上发现，这些年来进京的官员一路舟车劳顿，都面容消瘦，而这个状元郎却面色红润，就问其中原因。"臣是吃了自家做的肉饼！"状元郎回答。皇上又问："这个肉饼可有名字？""还未曾起过名字。"状元郎答道。"既然这是你进京路上吃的，你又是朕的状元，就叫它'状馍'吧！"皇上当场又下旨，召状元家里的厨子到御膳房，现场演示状馍的制作过程。

厨子到了御膳房，先和好满满一盆面，足足有六斤重。然后他又把牛肉剁碎，放入洋葱、大葱、猪油、大料等搅拌均匀，进行腌制。随后，他将面团擀成四四方方的面皮，又把腌制的肉馅平铺到面皮上，从一边开始，层层折叠，最后再完成两头的锁边。厨子用右手猛地一提，左手立马拖住，一个十斤重的状馍被厨子稳稳地托在了手里，一个转身后，状馍又被放入提前预热好的油锅中。只见厨子不断地翻转状馍，过了一袋烟的工夫，一个还在滋滋冒着热油的状馍就做好了。香味诱人！皇上看完这一系列眼花缭乱的操作，对厨师熟练的手法感叹不已。这位厨师也因为这一独特的手艺被留在了御膳房。

状馍个头大，又多肉多油，吃了之后能让人身强体壮，最适合胃口好的壮汉吃。后来人们就把状馍改写为"壮馍"了。宋江上梁山后，众郓城好汉就把壮馍带上了梁山。

参考文献

[1]〔清〕杜诏等纂,〔清〕岳濬等修:《山东通志》,济南出版社 2016 年版。

[2] 王献唐著:《山东古国考》,齐鲁书社 1983 年版。

[3] 安作璋、王志民主编,杨朝明、于孔宝著:《齐鲁文化通史·春秋战国卷》,中华书局 2004 年版。

[4] 秦永洲著:《山东社会风俗史》,山东人民出版社 2011 年版。

[5] 李树志、张宇平主编:《齐鲁文化概论》,中央广播电视大学出版社 2011 年版。

[6] 李新华著:《齐鲁工艺史话》,山东文艺出版社 2004 年版。

[7] 戴永夏编著:《山东民俗琐话》,济南出版社 2012 年版。

[8] 王修智著:《齐鲁文化与山东人》,山东人民出版社 2008 年版。

[9] 山东省地方史志办公室编:《菏泽》,山东省地图出

版社 2009 年版。

[10] 刘廷銮、孙家兰编著：《山东明清进士通览》，山东文艺出版社 2015 年版。

[11] 山东省文化和旅游厅编：《山东省级非物质文化遗产普及读本》，济南出版社 2019 年版。

[12] 荣海生编著：《走进古菏泽》，燕山出版社 2019 年版。

[13] 贾凤英、孙凤云主编：《菏泽文化通史》，山东人民出版社 2017 年版。

[14] 张贵宾著：《菏泽牡丹》，中国摄影出版社 2016 年版。

[15]《齐鲁优秀传统文化故事》编写组编著：《齐鲁优秀传统文化故事》，党建读物出版社 2022 年版。

[16] 山东省菏泽市史志编纂委员会编：《菏泽市志》，齐鲁书社 1993 年版。

后　记

　　《丛书》（下编）的编纂，是在中共山东省委宣传部直接领导下完成的。省委常委、宣传部部长白玉刚同志统筹策划部署，并担任编委会主任，多次主持召开编委会会议，提出明确目标要求和指导意见。省委宣传部分管日常工作的副部长、省文明办主任、省新闻办主任袭艳春同志对本书的立项出版、风格设计等方面提出了许多宝贵意见。在魏长民、毕司东、程守田、张同海、冷兴邦等同志的大力指导支持下，以教育部人文社科重点研究基地山东师范大学齐鲁文化研究院为学术挂靠单位，组建了《丛书》编纂学术委员会，具体负责编纂学术指导、质量把关、终审定稿工作。山东师范大学特聘资深教授王志民任主任，山东大学儒学高等研究院教授杨朝明、中共山东省委党史研究院原一级巡视员韩延明、鲁东大学原副校长刘焕阳、山东齐鲁师范学院原副院长刘德增任副主任。

　　《丛书》（下编）为每市一卷共 16 卷，都列为山东省社科规划一般项目。在省委宣传部统一领导下，各市委宣传部负责本市卷的具体组织编纂工作。《丛书》编纂学术委员会制定了统一的《编撰体例》《编撰指导意见》；在主任全面负责下，分为4个片区，各由一名副主任作为首席专家具体指导，杨朝明教授：淄博、泰安、济宁、枣庄；韩延明教授：潍坊、临沂、日照、菏泽；刘焕阳教授：青岛、威海、烟台、东营；刘德增教授：济南、聊城、德州、滨州。各市委宣传部认真落实省委宣传部、编纂学术委员会的部署，大力支持编纂工作，组织有关部门与专家对提纲设计、样稿研讨、通稿定稿等关键环节，反复研讨、审议；各片区进行了多次研讨交流，相互借鉴，取长补短；各卷主编和全体编纂人员团结合作、齐心协力，付出了艰辛劳动。山东文艺出版社提前介入，对编纂工作和撰稿体例等提出了许多宝贵意见。在此，我们谨向为《丛书》编纂付出心血的各位领导、专家、作者和所有相关同志们表示诚挚感谢！

本册编纂，得到首席专家韩延明教授悉心指导，中共菏泽市委常委、宣传部部长周生宏同志，分管副部长鹿展同志给予多方关心支持；本市田浩存、蒋宝府、张启龙、郑玉民等同志提出诸多意见和建议。主编荣海生教授（菏泽市社科联党组成员、市社科院院长）全面负责本册的编纂工作。具体撰稿分工如下：市委党校王忠军同志负责"菏泽古事"部分的写作；市图书馆陈百华同志负责"人物春秋"部分的写作；鲁西新区马学民同志负责"遗迹风物"部分的写作；菏泽学院邵瑞同志负责"一都四乡"部分的写作。最后，由荣海生修改并定稿。

由于学识水平与编纂时间所限，不足之处在所难免，敬请专家和读者批评指正。

编者

2023 年 8 月